大地上的事情

苇岸 著

广西师范大学出版社
·桂林·

大地上的事情

苇岸

我观察过蚂蚁营巢的三种方式。小型蚁筑巢，将浸润的土粒吐在巢口，垒成讲章状、灶台状、坟冢状、城堡状或松疏的蜂居状，高耸在地面。中型蚁的巢口，土粒散得均匀美观，围成喇叭口或泉心的形状，仿佛大地开放的一只黑色花朵。大型蚁筑巢像北方人的举止，随便、粗略、不拘细节，它们将颗粒远远地衔到什么地方，任意一丢，就像大步奔走撒种的农夫。

黎明，我常常被麻雀的叫声唤醒。日子久了，我发现它们总在日出前二十分钟开始啼叫。冬天日出较晚，它们叫的也晚；夏天日出早，它们叫的也早。麻雀在日出前和日出后的叫声不同，日出前它们发出"咕、咕、咕"的声音，日出后便改成"叽、叽、叽"的声音，仿佛老雀一见到太阳瞬时年轻了。

目 录

一个人的道路

——我的自述

我于一九六〇年一月七日,出生在北京市昌平县北小营村。据祖父讲,我们祖先是最早来这里定居的人家之一。

这座村庄,位于我所称的华北大平原开始的地方。它的西部和北部是波浪起伏的环形远山,即壮美的燕山山脉外缘。每天日落时分,我都幻想跑到山顶上,看看太阳最后降在了什么地方。我曾认定,太阳落山后,是从山外绕回到东方去的。而我那时的山外,就是外国。

这个大平原的开端,给了我全部的童年和少年。与所有乡村的孩子一样,它们是由贫匮、欢乐、幻想、游戏、故事、冒险、恐惧、憧憬、农事等等构成的。我时常缅想它们，但我还从未将它们写进我的散文。当我看到华兹华斯"童年是男性人的父亲"的说法时，我对他的这句话感触很深。

那时村子东西都有河。村里的井也很多，一到夏天，有的只用一根扁担就能把水打上来。每年，麻雀都选择井壁的缝隙，做窝生育。雏雀成长中，总有失足掉入井里的。此时如果挑着水桶的大人出现，这个不幸的小生灵便还有获救的可能。

我从小就非常心软，甚至有些极端。我不能看屠宰牲畜或杀一只鸡。我的这种心地，与血缘有关。至今我仍认为，我的四姑是我在这个世界上遇到的最善良的人。这个根本，使我后来对非暴力主义一见倾心。我的散文《四姑》和《上帝之子》，实际从血缘与信念两个方面，间接讲了我自己。

我的乡村童年和少年时代，读物是匮乏的，我现在已全然想不起那时读过什么书了。关于文化，最早给我留下印象的是电影《马兰花》和《人参娃娃》。在故事方面，先是叔祖母的民间故事，后是四姑的古典小说。在文学上，四姑是我的启蒙者。而我的祖父，一个秉性鲜明、极重尊严、与所有家庭成员都保持距离的人，给了我另一种精神：从我懂事起，直到一年前，年过八十的老人突然瘫痪，他从未间断每晚睡前的日记。

我对使用文字，很早就有兴趣。中学时，我曾尝试写过小说，一个乡村少年的故事：顽皮，但好心；为了老师午休，试图赶走树上所有的蝉……我这篇唯一的小说，并未写完。我还模仿写了一些动物寓言，它们其实说明了我那时即开始的"文以载道"倾向。

　　一九七七年，国家恢复了高考制度，这使我稍后得以走进大学的校门。带着喜悦、骄傲和未知，我从乡村中学来到了都市的大学校园。这是一个新的天地，她对我的最大意义，不是课堂，而是视野、志同道合的友谊和图书馆的书籍。"朦胧诗"——一种新鲜的、具有本义色彩的诗歌——在校园的传播，使我的文学热情有了定位。我开始读诗，抄诗，尝试写诗，崇敬诗人，与诗人交往。长久以来，在我的意识里，诗人与诗歌不分。即使是今天，如果我为诗人或作家做了什么，我仍认为，我不是或不单是帮助了他们，而是帮助了文学本身。

　　我的诗歌时期，对我的散文写作，具有非同寻常的意义。除了一种根本的诗人特有的纯粹精神，恰如布罗茨基所讲，散文作家可以向诗歌学到：借助词语在一定的上下文中产生的特定含义和力量；集中的思路；省略去不言自明的赘语。的确，"如果散文作家缺少诗歌创作的经验，他的作品难免累赘冗长和华而不实的弊端"。对我来说，我努力去做的，即是将散文作为诗歌以另一种手段的继续来写作。

我的第一篇散文《去看白桦林》，写于一九八八年初。最终导致我从诗歌转向散文的，是梭罗的《瓦尔登湖》。当我初读这本举世无双的书时，我幸福地感到，我对它的喜爱，超过了任何诗歌。此时我已经有了一个令我满意的工作：与社会可以保持必要的距离，夜晚授课，而将上午——每日官能最清澈的时刻——献给阅读和写作。我的每年暑假的自费旅行，也已进行。到一九九〇年，我已走了黄河以北几乎全部省区。

我喜爱的、对我影响较大的、确立了我的信仰、塑造了我写作面貌的作家和诗人，主要有：梭罗、列夫·托尔斯泰、泰戈尔、惠特曼、爱默生、纪伯伦、安徒生、雅姆、布莱克、黑塞、普里什文、谢尔古年科夫等。这里我想惭愧地说，祖国源远流长的文学，一直未能进入我的视野。一个推崇李敖、夸耀曾拧下过一只麻雀脑袋的人，曾多次向我推荐《厚黑学》，但我从未读过一页。而伟大的《红楼梦》，今天对我依然陌生。不是缺少时间，而是缺少动力和心情。在中国文学里，人们可以看到一切：聪明、智慧、美景、意境、技艺、个人恩怨、明哲保身等等，唯独不见一个作家应有的与万物荣辱与共的灵魂。

海子曾说：我恨东方诗人的文人气质，他们把一切都变成趣味。

我的笔名"苇岸"，最初来自北岛的诗《岸》，也有另外的因素。我不仅因"我是岸／我是渔港／我伸展着手臂／等待穷孩子的小船／载回一盏盏灯光"这样的诗句，感到血液激涌；更有一种强烈的与猥琐、苟且、污泥的快乐、瓦全的幸福对立的本能。我这样讲，并非意味我在我的生命衍进中，从未做过使自己愧怍的事情。对于它们，如毛姆在《七十述怀》里写的那样，我希望我说：这不是我做的，而是过去的另一个我做的。

"没有比对人类的爱更富于艺术性的事业。"虽然我是一个作家，但我更喜欢梵·高这句话。我希望我是一个眼里无历史，心中无怨恨的人。每天，无论我遇见了谁，我都把他看作刚刚来到这个世界的人。我曾经想，在我之前，这个世界生活过无数的人，在我之后，这个世界还将有无数的人生活；那么在人类的绵延中，我为什么就与我同时代的这些人们相遇，并生活在一起了呢？我不用偶然来看这个问题，我把它视为一种亲缘。

当然我知道，事情远非这么理想和浪漫。但我愿意像古罗马的那位皇帝马可·奥勒留那样，每天早晨对自己说：今天我要见到一个我主动问候他，他却视我别有企图的人；一个除了自己的利益圈子，对一切都冷漠无情的人；一个把比他人生活得优渥，看作人生最大幸福的人；一个将"无度不丈夫"，当作"无毒不丈夫"奉行的人……他们之所以这样，是因为他们无知。

再过两个月，就是我三十五岁的生日了。在我的一生中，我希望我成为一个"人类的增光者"。我希望在我晚年的时候，我能够借用夸齐莫多的诗歌说："爱，以神奇的力量，／使我出类拔萃。"

一九九四年十月

第 一 辑

大 地 上 的 事 情

一

我观察过蚂蚁营巢的三种方式。小型蚁筑巢，将湿润的土粒吐在巢口，垒成酒盅状、灶台状、坟冢状、城堡状或松疏的蜂房状，高耸在地面；中型蚁的巢口，土粒散得均匀美观，围成喇叭口或泉心的形状，仿佛大地开放的一只黑色花朵；大型蚁筑巢像北方人的举止，随便、粗略、不拘细节，它们将颗粒远远地衔到什么地方，任意一丢，就像大步奔走撒种的农夫。

二

下雪时，我总想到夏天，因成熟而褪色的榆荚被风从树梢吹散。雪纷纷扬扬，给人间带来某种和谐感，这和谐感正来自于纷纭之中。雪也许是更大的一棵树上的果实，被一场世界之外的大风刮落。它们漂泊到大地各处，它们携带的纯洁，不久即繁衍成春天动人的花朵。

三

写《自然与人生》的日本作家德富芦花，观察过落日。他记录太阳由衔山到全然沉入地表，需要三分钟。我观察过一次日出，日出比日落缓慢。观看日落，大有守侍圣哲临终之感；观看日出，则像等待伟大英雄辉煌的诞生。仿佛有什么阻力，太阳艰难地向上跃动，伸缩着挺进。太阳从露出一丝红线，到伸缩着跳上地表，用了约五分钟。

世界上的事物在速度上，衰落胜于崛起。

四

这是一具熊蜂的尸体，它是自然死亡，还是因疾病或敌害而死，不得而知。它偃卧在那里，翅零乱地散开，肢蜷曲在一起。它的尸身僵硬，很轻，最小的风能将它推动。我见过胡蜂巢、土蜂巢、蜜蜂巢和别的蜂巢，但从没有见过熊蜂巢。熊蜂是穴居者，它们将巢筑在房屋的立柱、檩木、横梁、椽子或枯死的树干上。熊蜂从不集群活动，它们个个都是英雄，单枪匹马到处闯荡。熊蜂是昆虫世界当然的王，它们身着的黑黄斑纹，是大地上最怵目的图案，高贵而恐怖。老人们告诉过孩子，它们能蜇死牛马。

五

麻雀在地面的时间比在树上的时间多。它们只是在吃足食物后，才飞到树上。它们将短硬的喙像北方农妇在缸沿砺刀那样，在枝上反复擦拭。麻雀蹲在枝上啼鸣，如孩子骑在父亲的肩上高声喊叫，这声音蕴含着依赖、信任、幸福和安全感。麻雀在树上就和孩子们在地上一样，它们的蹦跳就是孩子们的奔跑。而树木伸展的愿望，是给鸟儿送来一个个广场。

六

穿越田野的时候，我看到一只鹞子。它静静地盘旋，长久浮在空中。它好像看到了什么，径直俯冲下来，但还未触及地面又迅疾飞起。我想象它看到一只野兔，因人类的扩张在平原上已近绝迹的野兔，梭罗在《瓦尔登湖》中预言过的野兔："要是没有兔子和鹧鸪，一个田野还成什么田野呢？它们是最简单的土生土长的动物，与大自然同色彩、同性质，和树叶、和土地是最亲密的联盟。看到兔子和鹧鸪跑掉的时候，你不觉得它们是禽兽，它们是大自然的一部分，仿佛飒飒的木叶一样。不管发生怎么样的革命，兔子和鹧鸪一定可以永存，像土生土长的人一样。不能维持一只兔子的生活的田野一定是贫瘠无比的。"

看到一只在田野上空徒劳盘旋的鹞子，我想起田野往昔的繁荣。

七

在我的住所前面，有一块空地，它的形状像一只盘子，被四周的楼群围起。它盛过田园般安详的雪，盛过赤道般热烈的雨，但它盛不住孩子们的欢乐。孩子们把欢乐撒在里面，仿佛一颗颗珍珠滚到我的窗前。我注视着男孩和女孩在一起做游戏，这游戏是每个从他们身边匆匆走过的大人都做过的。大人告别了童年，就将游戏像玩具一样丢在了一边。但游戏在孩子们手里，依然一代代传递。

八

在一所小学教室的墙壁上，贴着孩子们写自己家庭的作文。一个孩子写道：他的爸爸是工厂干部，妈妈是中学教师，他们很爱自己的孩子，星期天常常带他去山边玩，他有许多玩具，有自己的小人书库，他感到很幸福。但是妈妈对他管教很严，命令他放学必须直接回家，回家第一件事是用肥皂洗手。为此他感到非常不幸，恨自己的妈妈。

每一匹新驹都不会喜欢给它套上羁绊的人。

九

黎明，我常常被麻雀的叫声唤醒。日子久了，我发现它们总在日出前二十分钟开始啼叫。冬天日出较晚，它们叫得也晚；夏天日出早，它们叫得也早。麻雀在日出前和日出后的叫声不同，日出前它们发出"鸟、鸟、鸟"的声音，日出后便改成"喳、喳、喳"的声音。我不知它们的叫法和太阳有什么关系。

十

在山冈的小径上，我看到一只蚂蚁在拖蜣螂的尸体。蜣螂可能被人踩过，尸体已经变形，渗出的体液粘着两粒石子，使它更加沉重。蚂蚁紧紧咬住蜣螂，它用力扭动身躯，想把蜣螂拖走。蜣螂微微摇晃，但丝毫没有向前移动。我看了很久，直到我离开时，这个可敬的勇士仍在不懈地努力。没有其他蚁来帮它，它似乎也没有回巢去请援军的想法。

十 一

麦子是土地上最优美、最典雅、最令人动情的庄稼。麦田整整齐齐摆在辽阔的大地上，仿佛一块块耀眼的黄金。麦田是五月最宝贵的财富，大地蓄积的精华。风吹麦田，麦田摇荡，麦浪把幸福送到外面的村庄。到了六月，农民抢在雷雨之前，把麦田搬走。

十　二

在我窗外阳台的横栏上，落了两只麻雀。那里是一个阳光的海湾，温暖、平静、安全。这是两只老雀，世界知道它们为它哺育了多少雏鸟。两只麻雀蹲在辉煌的阳光里，一副丰衣足食的样子。它们眯着眼睛，脑袋转来转去，毫无顾忌。它们时而啼叫几声，声音朴实而亲切。它们的体态肥硕，羽毛蓬松，头缩进厚厚的脖颈里，就像冬天穿着羊皮袄的马车夫。

十　三

下过雪许多天了，地表的阴面还残留着积雪。大地斑斑点点，仿佛一头在牧场垂首吃草的花斑母牛。

积雪收缩，并非因为气温升高了，而是大地的体温在吸收它们。

十　四

冬天，一次在原野上，我发现了一个奇异的现象，它纠正了我原有的关于火的观念。我没有见到这个人，他点起火走了。火像一头牲口，已将枯草吞噬很大一片。北风吹着，风头很硬，火紧贴在地面上，火首却逆风而行，这让我吃惊。为了再次证实，我把火种引到另一片草上，火依旧溯风烧向北方。

十　五

我时常忆起一个情景，它发生在午后时分。如大兵压境，滚滚而来的黑云，很快占据了整面天空。随后，闪电迸绽，雷霆轰鸣，分币大的雨点砸在地上，烟雾四起。骤雨像是一个丧失理性的对人间复仇的巨人。就在这万物偃息的时刻，我看到一只衔虫的麻雀从远处飞回，雷雨没能拦住它，它的窝在雨幕后面的屋檐下。在它从空中降落飞进檐间的一瞬，它的姿势和蜂鸟在花丛前一样美丽。

十　六

五月，在尚未插秧的稻田里，闪动着许多小鸟。我叫不出它们的名字，它们神态机灵，体型比麻雀娇小。它们走动的样子，非常庄重。麻雀行走用双足蹦跳，它们行走是像公鸡那样迈步。它们的样子，和孩童做出大人的举止一样好笑。它们飞得很低，从不落到树上。它们是田亩的精灵。它们停在田里，如果不走动，便简直认不出它们。

十　七

秋收后，田野如新婚的房间，已被农民拾掇得干干净净。一切要发生的，一切已经到来的，它都将容纳。在人类的身旁，落叶正悲壮地诀别它们的母亲。看着它们决绝的样子，我忽然想，树木养育了它们，仿佛就是为了此时重现大地上的勇士形象。

十　八

在冬天空旷的原野上，我听到过啄木鸟敲击树干的声音。它的速度很快，仿佛弓的颤响，我无法数清它的频率。冬天鸟少，鸟的叫声也被藏起。听到这声音，我感到很幸福。我忽然觉得，这声音不是来自啄木鸟，也不是来自光秃的树木，它来自一种尚未命名的鸟，这只鸟，是这声音创造的。

十　九

一九八八年一月十六日，我看到了日出。我所以记下这次日出，因为有生以来我从没有见过这样大的太阳。好像发生了什么奇迹，它使我惊得目瞪口呆，久久激动不已。哥伦比亚作家加西亚·马尔克斯在《百年孤独》中这样描述马贡多连续下了四年之久的雨后日出："一轮憨厚、鲜红、像破砖碎末般粗糙的红日照亮了世界，这阳光几乎像流水一样清新。"我所注视的这次日出，我不想用更多的话来形容它，红日的硕大，让我首先想到乡村院落的磨盘。如果你看到了这次日出，你会相信。

二　十

已经一个月了，那窝蜂依然伏在那里，气温渐渐降低，它们似乎已预感到什么，紧紧地挤在一起，等待最后一刻的降临。只有太阳升高，阳光变暖的时候，它们才偶尔飞起。它们的巢早已失去，它们为什么不在失去巢的那一天飞走呢？每天我看见它们，心情都很沉重。在它们身上，我看到了某种大于生命的东西。那个一把火烧掉蜂巢的人，你为什么要捣毁一个无辜的家呢？显然你只是想借此显示些什么，因为你是男人。

二十一

太阳的道路是弯曲的。我注意几次了。在立夏前后，朝阳能够照到北房的后墙，夕阳也能够照到北房的后墙。其他时间，北房拖着变深的影子。

二十二

　　立春一到，便有冬天消逝、春天降临的迹象和感觉。此时整整过了一冬的北风，到达天涯后已经返回，它们告诉站在大路旁观看的我：春天已被它们领来。看着旷野，我有一种庄稼满地的幻觉。天空已经变蓝，踩在松动的土地上，我感到肢体在伸张，血液在涌动。我想大声喊叫或疾速奔跑，想拿起锄头拼命劳动一场。我常常产生这个愿望：一周中，在土地上至少劳动一天。爱默生认为，每一个人都应当与这世界上的劳作保持着基本关系。劳动是上帝的教育，它使我们自己与泥土和大自然发生基本的联系。

但是，在这个世界上，有一部分人，一生从未踏上土地。

二十三

捕鸟人天不亮就动身，鸟群天亮开始飞翔。捕鸟人来到一片果园，他支起三张大网，呈三角状。一棵果树被围在里面。捕鸟人将带来的鸟笼，挂在这棵树上，然后隐在一旁。捕鸟人称笼鸟为"鹝子"，它们的作用是呼喊。鹝子在笼里不懈地转动，每当鸟群从空中飞过，它们便急切地扑翅呼应。它们凄怆的悲鸣，使飞翔的鸟群回转。一些鸟撞到网上，一些鸟落在网外的树上，稍后依然扑向鸟笼。鸟像木叶一般，坠满网片。

丰子恺先生把诱引羊群走向屠场的老羊，称做"羊奸"。我不称这些鹝子为"鸟奸"，人类制造的任何词语，都仅在它自己身上适用。

二十四

平常，我们有"北上"和"南下"的说法。向北行走，背离光明，称做向上；向南行走，接近光明，称做向下。不知这种上下之分依据什么而定（纬度或地势？）。在大地上旅行时，我们的确有这种内心感觉。像世间称做官为上，还民为下一样。

二十五

麻雀和喜鹊，是北方常见的留鸟。它们的存在，使北方的冬天格外生动。民间有"家雀跟着夜猫子飞"的说法，它的直接意思，指小鸟盲目追随大鸟的现象。我留意过麻雀尾随喜鹊的情形，并由此发现了鸟类的两种飞翔方式。它们具有代表性。喜鹊飞翔，姿态镇定、从容，两翼像树木摇动的叶子，体现着在某种基础上的自信。麻雀敏感、慌忙，它们的飞法类似蛙泳，身体总是朝前一耸一耸的，并随时可能转向。

这便是小鸟和大鸟的区别。

二十六

一次，我穿越田野。一群农妇，蹲在田里薅苗。在我凝神等待远处布谷鸟再次啼叫时，我听到了两个农妇的简短对话：

农妇甲："几点了？"

农妇乙："该走了，十二点多了。"

农妇甲："十二点了，孩子都放学了，还没做饭呢。"

无意听到的两句很普通的对话，竟震撼了我。认识词易，比如"母爱"或"使命"，但要完全懂得它们的意义难。原因在于我们不常遇到隐在这些词后面的，能充分体现这些词涵义的事物本身；在于我们正日渐远离原初意义上的"生活"。我想起曾在美术馆看过的美国女画家爱迪娜·米博尔画展，前言有画家这样一段话，我极赞同："美的最主要表现之一是，肩负着重任的人们的高尚与责任感。我发现这一特点特别地表现在世界各地生活在田园乡村的人们中间。"

二十七

栗树大都生在山里。秋天，山民爬上山坡，收获栗实。他们先将树下杂草刈除干净。然后环树刨出一道道沟垄，为防敲下的栗实四处滚动。栗实包在毛森森的壳里，像蜷缩一团的幼小刺猬。栗实成熟时，它们黄绿色壳斗便绽开缝隙，露出乌亮的栗核。如果没有人采集，栗树会和所有植物一样，将自己漂亮的孩子自行还给大地。

二十八

进入冬天，便怀念雪。一个冬天，迎来几场大雪，本是平平常常的事情，如今已成为一种奢求（谁剥夺了我们这个天定的权利？）。冬天没有雪，就像土地上没有庄稼，森林里没有鸟儿。雪意外地下起来时，人间一片喜悦。雪赋予大地神性；雪驱散了那些平日隐匿于人们体内，禁锢与吞噬着人们灵性的东西。我看到大人带着孩子在旷地上堆雪人，在我看不到的地方，一定同样进行着许多欢乐的与雪有关的事情。

可以没有风，没有雨，但不可以没有雪。在人类美好愿望中发生的事情，都是围绕雪进行的。

二十九

一只山路上的蚂蚁，衔着一具比它大数倍的蚜虫尸体，正欢快地朝家走去。它似乎未费太多的力气，从不放下猎物休息。在我粗暴地半路打劫时，它并不惊慌逃走。它四下寻着它的猎物，两只触角不懈地探测。它放过了土块，放过了石子和瓦砾，当它触及那只蚜虫时，便再次衔起。仿佛什么事情也未发生，它继续去完成自己庄重的使命。

三 十

我把麻雀看作鸟类中的"平民"，它们是鸟在世上的第一体现者。它们的淳朴和生气，散布在整个大地。它们是人类卑微的邻居，在无视和伤害的历史里，繁衍不息。它们以无畏的献身精神，主动亲近莫测的我们。没有哪一种鸟，肯与我们建立如此密切的关系。在我对鸟类作了多次比较后，我发现我还是最喜爱它们。我刻意为它们写过这样的文字：

它们很守诺言

每次都醒在太阳前面

它们起得很早

在半道上等候太阳

然后一块儿上路

它们仿佛是太阳的孩子

每天在太阳身边玩耍

它们习惯于睡觉前聚在一起

把各自在外面见到的新鲜事情

讲给大家听听

由于不知什么叫秩序

它们给外人的印象

好像在争吵一样

它们的肤色使我想到土地的颜色

它们的家族

一定同这土地一样古老

它们是留鸟

从出生起

便不远离自己的村庄

(《麻雀》)

三十一

下面的内容，是我在一所小学见到的，为众多的学生保证书之一。原文抄录如下：

1. 老师留的作业要认真按时完成。

2. 下课不追跑打闹。

3. 不管是不是低声日都不大声说话。

4. 不管什么时候都不能骂人。

5. 学校举行什么活动都要听老师的。

6. 老师提问要积极举手发言。

7. 不逃学，积极参加课外活动为班争光。

8. 不管上什么课都不搞小动作，在考试上得到九十分以上。

9. 自己的事要自己做。

三〈四〉班　孙蕊

我把这二十世纪末中国少年的誓言记在这里，但不想多说什么。唯愿我们的少年长大后，不再写出类似鲁迅先生曾写过的话："长辈的训诲于我是这样的有力，所以我也很遵从读书人家的家教。屏息低头，毫不轻举妄动。两眼下视黄泉，看天就是傲慢；满脸装出死相，说笑就是放肆。"（鲁迅《忽然想到》）

三十二

　　一架直升飞机，从小镇的上空呼啸而过。我看到街上三个孩子蹦跳着高喊："飞机、飞机，你下来，带我们上动物园。"

　　孩子们不说去别的什么地方，这是缘于生命的、在因袭与指导之外的选择。

三十三

　　世界上的事物，往往有两种以上的称呼。

　　这里讲的，不指西方分类学上物种的"二名法"（用两个拉丁字母构成某一物种名称的命名法，第一字是属名，第二字是种加词），或"三名法"（用三个拉丁字母表示生物亚种或变种的命名法，由属名、种加词和变种加词构成），而指我们认识的事物，大多拥有数个名称，分别称做学名、别名和俗名。它们各自有着神秘的来历，在不同的场所，体现自己独特的作用。比如太阳，亦称日，我还知道北方的农民称之"老爷儿"；鸱鹗，亦称枭，民间则称之"猫头鹰"或"夜猫子"。

学名是文明的、科学的、抽象的，它们用于研究和交流，但难于进入生活。它们由于在特征和感性上与其所指示的事物分离，遭到泥土和民间的抵触；它们由于缺少血液和活力，而滞在学者与书卷那里。

别名是学名的变称，与学名具有同一命运。

俗名是事物的乳名或小名，它们是祖先的、民间的、土著的、亲情的。它们出自民众无羁的心，在广大土地上自发地世代相沿。它们既体现事物自身的原始形象或某种特性，又流露出一地民众对故土百物的亲昵之意与随意心理。如车前草，因其叶子宽大，在我的故乡，称做"猪耳朵"；地黄，花冠钟状、甘甜，可摘下吮吸，故称"老头喝酒"。俗名和事物仿佛与生俱来，诗意，鲜明，富于血肉气息。它们在现代文明不可抵御的今天，依然活跃在我们的庭院和大地。它们的蕴意，丰富、动人，饱含情感因素。无论什么时候，无论走到哪里，只要我们听到这样的称呼，眼前便会浮现我们遥远的童年、故乡与土地。那里是我们的母体和出发点。

俗名对人类，永远具有"情结"意义。

三十四

在北方的林子里，我遇到过一种彩色蜘蛛。它的罗网，挂在树干之间，数片排列，杂乱联结。这种蜘蛛，体大、八足纤长，周身浅绿与橘黄相间，异常艳丽。在我第一次猛然撞见它的时候，我感觉它刹那带来的恐怖，超过了世上任何可怕的事物。

相同的色彩，在一些事物那里，令我们赞美、欢喜；在另一些事物那里，却令我们怵目、悚然，成了我们的恐怖之源。

三十五

　　每次新月出现，只要你注意，你会在它附近看到一颗亮星。有时它们挨得极近，它们各自的位置，身处的背景，密切的情形，都让我将它们看作大海上的船与撑船人。可是不久，撑船人便会弃船而去。后来，我查阅了天文方面的书，始知这个撑船人原来是大名鼎鼎的金星，我们熟悉的太阳系第二位行星，地球最近的邻居。由于金星是地内行星，因而它的行踪往往漂泊不定。黄昏在西方最早显现，凌晨在东方最迟隐去的星，就是这个活跃的"撑船人"。在古代，中国人给它起了很优雅的名字：黄昏称它"长庚"，凌晨称它"启明"。希腊人比较粗爽，他们本能地、形象地、诗化地、亲昵地、直截了当叫它"流浪者"。

三十六

　　尽管我很喜欢鸟类，但我无法近距离观察它们。每当我从鸟群附近经过，无论它们在树上，还是在地面，我都不能停下来，不能盯着它们看，我只能侧耳听听它们兴高采烈的声音。否则，它们会马上警觉，马上做出反应，终止议论或觅食，一哄而起，迅即飞离。

我的发现，对我，只是生活的一个普通认识；鸟的反应，对鸟，则是生命的一个重要经验。

三十七

在樗树（臭椿）上，有一种甲虫，体很小，花背，象形，生物学称它为象鼻虫或象甲，乡下的孩子叫它"老锁"。它们通常附在樗树的干上，有时很低，伸手可及。只要有人轻轻一碰，它们便迅速蜷起六足，象鼻状的长喙紧贴胸前，全身抱在一起。此时，孩子们抓起一只，对着它不断呼唤："老锁，老锁，开门！"情真意切，永不生厌。仿佛精诚所至，它最终总会松开肢身，然后谨慎地，像一头小象，开始在孩子们的手上四下走动。

三十八

秋天，大地上到处都是果实，它们露出善良的面孔，等待着来自任何一方的采取。每到这个季节,我便难于平静,我不能不为在这世上永不绝迹的崇高所感动,我应当走到土地里面去看看,我应该和所有的人一道去得到陶冶和启迪。

太阳的光芒普照原野,依然热烈。大地明亮,它敞着门,为一切健康的生命。此刻,万物的声音都在大地上汇聚,它们要讲述一生的事情,它们要抢在冬天到来之前,把心内深藏已久的歌全部唱完。

第一场秋风已经刮过去了,所有结满籽粒和果实的植物都把丰足的头垂向大地,这是任何成熟者必致的谦逊之态,也是对孕育了自己的母亲一种无语的敬祝和感激。手脚粗大的农民再次忙碌起来,他们清理了谷仓和庭院,他们拿着家什一次次走向田里,就像是去为一头远途而归的牲口卸下背上的重负。

看着生动的大地,我觉得它本身也是一个真理。它叫任何劳动都不落空,它让所有的劳动者都能看到成果,它用纯正的农民暗示我们:土地最宜养育勤劳、厚道、朴实、所求有度的人。

三十九

人类与地球的关系，很像人与他的生命的关系。在无知无觉的年纪，他眼里的生命是一口取之不尽、用之不竭的井，可以任意汲取和享用。当他有一天觉悟，突然感到生命的短暂和有限时，他发现，他生命中许多宝贵的东西已被挥霍一空。面对未来，他开始痛悔和恐惧，开始锻炼和保健。

不同的是，人类并不是一个人，它不是具有一个头脑的整体。今天，各国对地球的掠夺，很大程度上已不仅仅为了满足自己国民的生活。如同体育比赛已远远超出原初的锻炼肌体的意义一样，不惜牺牲的竞争和较量，只是为了获得一项冠军的荣誉。

四 十

我的祖父、祖母，两个年逾八十的老人。一次在我回乡下去看望他们时，他们向我讲了这样一件事：

一天深夜，他们突然被响动的院门惊醒。借着微弱的月光，他们看到进来一个人，推着自行车。这个人来到屋前，拍着屋门，含混地叫着："大爷您开开门！大爷您开开门！"他的叫声不断，声音可怜。听着这陌生而又哀求的叫声，起来的祖父给他打开了门。这是一个壮年汉子，喝了酒，自称走错了门，说了几句什么，不久便退出去了。

有着一生乡村经验与阅历的祖父、祖母，依然保持着人的最初的心和他们对人的基本信任。

四十一

与其他开端相反，第一场雪大都是零乱的。为此我留意好几年了。每次遇到新雪，我都想说："看，这是一群初进校门的乡下儿童。"雪仿佛是不期而至的客人，大地对这些客人的进门，似乎感到一种意外的突然和无备的忙乱。没有收拾停当的大地，显然还不准备接纳它们。所以，尽管空中雪迹纷纷，地面依旧荡然无存。新雪在大地面前的样子，使我想象一群临巢而不能栖的野蜂，也想象历史上那些在祖国外面徘徊的流亡者。

四十二

在生命世界，一般来讲，智慧、计谋、骗术大多出自弱者。它们或出于防卫，或出于猎取。

假死是许多逃避无望的昆虫及其他一些弱小动物，灾难当头拯救自己的唯一办法。地巢鸟至少都要具备两种自卫本领：一是能使自身及卵的颜色随季节变化而改变；二是会巧设骗局引开走近己巢的强敌。蛛网本身就是陷阱，更有一种绝顶聪明的蜘蛛，会分泌带雌蛾气味的小球，它先把小球吊在一根丝上，然后转动，引诱雄蛾上钩。在追捕上低能的蛇，长于无声地偷袭；澳大利亚还有一种眼镜蛇，能以尾尖伪装小虫，欺骗蛙鼠。强者是不屑于此的。非洲的猎豹出猎时，从不使用伏击。动物学家说，鲨鱼一亿年来始终保持着它们原初的体型。没有对手的强大，使它抵制了进化。

看历史与现实，人类的状况，大体也是这样。

四十三

命名，是一种前科学的事情。在科学到来之前，每个事物都有它们自己土生土长的名称。这些名称身世神秘，谁也无法说清它们的来历，它们体现着本土原始居民的奇异智力、生动想象、无羁天性和朴素心声，与事物亲密无间地结为一体。科学是一个强大的征服者，它的崛起，令所有原生事物惊恐。它一路无所顾忌的行径，改变了事物自体进程。科学的使命之一，就是统一天下事物的名称。它以一种近似符号的新名，取代了与事物有着血肉联系的原始名称。比如，美洲印第安人所称的"饮太阳血的鸟"，被科学家定名为蜂鸟；西方农夫所称的"魔鬼的信使"，被科学家定名为狐蝠；非洲部落猎人们所称的"黄色的闪电"，被科学家定名为猎豹。

科学的使命还远远没有完成，而各地的"原生力量"，也从未放弃过抵抗。

四十四

《百年孤独》的第一页，有这样一个细节。在表演了磁铁的魔力后，神秘的吉卜赛人墨尔基阿德斯，对老布恩地亚讲："任何东西都有生命，一切在于如何唤起它们的灵性。"

季节也是有生命的。为了感受这一点，需要我们悉心体验，也许还需要到乡村生活一年。以冬天为例，在北方，在北京，每年一进入公历一月，我就会感受到它显著的变化。此时的冬天，就像一个远途跋涉后终于到达目的地的、开始安顿下来的旅人。它让我想象乡村的失去光泽和生气，不再驾车的马和三年以上的公鸡。一个活泼的、冲动的、明朗的、敏感的、易变的冬天，已一去不返。而另一个迟缓的、安稳的、沉郁的、灰暗的、阴冷的冬天，已经来到我们身边。这是生命悲哀的转折。由此开始的，是冬天的一段让我们最难耐的时期。它给我们造成的心境，与我们从手上不再有书籍，心中不再有诗歌，已获取了一定财富或权力的人那里，领略的大体相同。

四十五

自从出现了精神分析学家，人类似乎便彻底改变了对自己的看法。二十世纪的现代主义作家们笔下的人，更让读者害怕。德国女作家沃尔夫在她的小说《一只公猫的新生活观》中，借公猫麦克斯之口说："有些人希望使自己心地善良，乐于助人，忘记自己是动物的后裔，这是同他们缺乏生理知识有关。"

其实，这是对动物的曲解和污蔑。在影视上或书本里或生活中，人们知道了多少动物互助和利他的感人事迹！最近我从科教片《燕子》里知道，燕子在喂雏期，为了觅食，每天要飞出去二百多次，如果你想帮帮它，它回来也会将你放在巢边的昆虫叼走。雏燕出巢后，在野外，会受到任何一只成燕照顾。这仅是一个简单的例子。新闻中不是也有关于"狼孩"和"熊孩"的报道吗？最近它还告诉人们，一群骆驼抚养了死于沙暴中的阿拉伯牵驼人的两个婴儿。

在这则随笔中我是想说，如果人抱定人类的本性就是动物，从而做任何事情都心安理得，原谅自己，那么他其实是应验了中国民间的一个说法：禽兽不如！

四十六

一九九一年元旦，一个神异的开端。这天阳光奇迹般恢复了它的本色，天空仿佛也返回到了秋天。就在这一天，在旷野，我遇见了壮观的迁徙的鸟群。在高远的天空上，在蓝色的背景下，它们一群群从北方涌现。每只鸟都是一个点，它们像分巢的蜂群。在高空的气流中，它们旋转着，缓慢地向南推进。一路上，它们的叫声传至地面。

我没有找到关于鸟类迁徙的书籍，也不认识鸟类学家。这是我有生以来第一次遇到鸟类冬季迁徙，我不明白这是什么原因，也不知道这是些什么鸟。在新年的第一天，我遇见了它们，我感到我是得到了神助的人。

四十七

一次，我乘公共汽车，在我的邻座上，是一位三十几岁带小孩的母亲。小孩还很小，正处在我们所说的咿呀学语时期。一个漂亮的、机灵的小男孩。在车里，母亲不失时机地教他认识事物，发音说话。他已经会说些什么了，

一路上我都听着他初始的声音。忽然他兴奋地高喊："卖鱼的！卖鱼的！"原来在自行车道上，有两个蹬平板三轮车的小贩。两个三轮车上驮的都是囤形的盛着水的大皮囊，与我们在自由市场常见的一样。

到站下车时，我问那位母亲："您的小孩有一岁吗？"答："一岁多了。"

四十八

三月是远行者上路的日子，他们从三月出发，就像语言从表达出发，歌从欢乐出发。三月连羔羊也会大胆，世界温和，大道光明，石头善良。三月的村庄像篮子，装满阳光，孩子们遍地奔跑，老人在墙根下走动。三月使人产生劳动的欲望，土地像待嫁的姑娘。三月，人们想得很远，前面有许许多多要做的事情。三月的人们满怀信心，仿佛远行者上路时那样。

四十九

梭罗说，文明改善了房屋，却没有同时改善居住在房屋中的人。关于这个问题，我这样想过：根本原因也许就在于孩子们与成人混在了一起（这里暂不涉及人性因素）。

可以打个比方：孩子们每天在课堂精心编织着他们的美丽的网，但当他们放学后，这张网即遭到社会蚊蚋的冲撞。孩子们置身在学校中，实际就是一个不断修复他们破损了的网的过程，直至某一天他们发现这种努力的徒劳性。

成人世界是一条浊浪滚滚的大河，每个孩子都是一支欢乐地向它奔去的清澈小溪。孩子们的悲哀是，仿佛他们在世上的唯一出路，便是未来的同流合污。

五　十

我看过一部美国影片，片名已想不起来了。影片这样开的头，一个在学校总挨欺负的男孩，仿佛被神明选定，得到了一部巨大的书。这是一部童话，讲的是一个名叫"虚无"的庞然怪物，吞噬幻想国的故事。当最后的毁灭逼近，女王即将死亡时，书告诉这个男孩，拯救幻想国和女王的唯一办法，是由他大声为女王起一个新名。

这是一部寓意很深的影片，它让我想到泰戈尔讲的那句话："每一个孩子生出时所带的神示说：上帝对于人尚未灰心失望呢。"

五十一

七十年代，北方的平原上曾相继开展过平整土地运动和农田水利基本建设。

这些运动，改变了古老田野的原始面貌：荒地开垦了，池塘填平了，密布田间的百年老树被伐倒，木草丛生的巨大坟丘被搬掉。田地的平坦和整齐，给世代繁衍其间的鸟兽，带来了灭顶的危机。野兔绝迹了，鹰也消失了踪影。无处饮水和筑巢的鸟儿，日渐稀少。很久以来，在田野人们几乎已看不到任何鸟巢。

十年早已过去了，那时在调直的田间道路两旁栽下的新树，已经长起。令人欣慰的是，近年来在这些尚不高大的树上，又星星点点地出现了留鸟喜鹊的巢（喜鹊以往一直选择高大的乔木筑巢）。鹊巢高度的降低，表明了喜鹊为了它们的生存而显现出的勇气；同时，也意味着被电视等现代文明物品俘获的乡下孩子，对田野的疏离。

五十二

在旅途上，我们或许都注意过这样一种现象：在无数变动的陌生人之中，我们有时会忽然发现一张熟识的面孔。不过，不是我们真的在异地遇见了熟人，而是这张面孔使我们想到了一位我们所认识的人。

每当这个时候，我往往会想起哲学家柏拉图的那个说法：万物是"理念"的摹本。也会想起宗教讲的造物的主。我想，主造人时，是使用模具的。每个模具，只造一人。当他因故疏忽，他会重用同一模具造出第二个或第三个人。这些出自同一模具有着相似面孔的人，散布在各地。如果他们启程远行，他们便可能在旅途彼此惊讶地相遇。

五十三

在全部的造物里，最弱小的，往往最富于生命力。

我居住的这个尚未完备的小区南侧，有一块微微隆起的空地。为了小区的地势一致，春天建设者用铲车和挖掘车，将布满枯草的整个地表，掀去了一米多。但是，当夏天来到时，在这片裸露的生土层上，又奇迹般地长出了茂密的青草。

在造物的序列中，对于最底层的和最弱小的"承受者"，主不仅保持它们数量上的优势，也赋予了它们高于其他造物的生命力。草是这样，还有蚁、麻雀，我们人类中的农民也是其中之一。

五十四

散文作家冯秋子，为了表达她对巴顿将军的崇敬，给她的儿子取名巴顿。在她的眼里，恨二十世纪、对政治一无所知的"血胆老将"巴顿，即象征人类日益淡漠的正直、坦荡、朴素、坚忍、嫉恶如仇及牺牲精神。

巴顿已经八岁了，正在他的母亲深切意愿的道路上，健康生长。关于男孩巴顿，有两件事情给我印象很深：一是在我将我为他制作的一只弹弓送给他时，他把这件他第一次见到的玩具叫做"弓弹"；二是在他跟他的母亲春天来昌平玩时，他几乎一直被他从书架上抽出的《伊索寓言》吸引。

五十五

已经很难见到它了。这是五月，我坐在一棵柳树下面，我的眼前是一片很大的麦田。梭罗说，人类已经成为他们的工具的工具了，饥饿了就采果实吃的人已变成一个农夫，树荫下歇力的人已变成一个管家。我不是管家，我是一个教员。我经常走这条田间小路，我是去看病卧在炕上的祖父和祖母。

正是这个时候，从远处，从麦田的最北端，它过来了。它飞得很低，距麦田只有一两米。麦田像荷戟肃立的士兵方阵，而它是缓步巡视的戎装将军。它不时地停住（除了蜂鸟，鸟类中似乎只有它具备这种高超的空中"定点"本领），它在鼓舞士气，也许是在纠察风纪。由北至南，它两翅平展，这样缓慢地向前推进。它始终没有落到地上，终了它又向它的另一支军团赶去。

（这个威风凛凛的将军就是雀鹰，它又名鹞子。在我的故乡，人们都叫它"轻燕子"。）

五十六

在旷野，我完整地观察过星星的出现。下面，是我多次观察的简略记录：

太阳降落后，约十五分钟，在西南天空隐隐闪现第一颗星星（即特立独行的金星）。 三十二分钟时，出现了第二颗，这颗星大体在头顶。接着，三十五分钟时，第三颗；四十四分钟，第四颗；四十六分钟，第五颗。之后，它们仿佛一齐涌现，已无法计数。五十分钟时，隐约可见满天星斗。而一个小时后，便能辨认星座了。整体上，东、南方向的星星出现略早，西、北方向的星星出现略晚。（注：一九九五年八月十八日记录，翌日做了复察修正。）

从太阳降落到满天星斗，也是晚霞由绚烂到褪尽的细微变化过程。这是一个令人感叹的过程，它很像一个人，在世事里由浪漫、热情，到务实、冷漠的一生。

五十七

威廉·亨利·赫德逊，是我比较偏爱的以写鸟类著称的英国散文作家。

赫从小生长在南美大草原上，他称那里为鸟类名副其实的大陆。"没有任何地方像我的出生地那样有这么多的鸟类"，以至从童年时代起，鸟类就成为世界上使他最感兴趣的东西。在《鸟类的迁徙》一文中，他向我们详细描述了童年他看到的各种鸟类大规模迁徙的壮阔情景。他最喜爱的，最令他难忘的，是一种名叫高地鹬的鸟。它们飞过时，从早到晚都可听到它们从空中传下的美妙啼叫。他说，这个声音依然活在他的记忆里，只是再也不会听到了。因为这种鸟到他写这篇散文时，已列在"下一批绝灭"的名单上了。"在这么短短的时间内，只不过一个人的一生岁月里，这样的事就可能发生，似乎是难以置信的。"

我也是在乡下长大的，且与我的出生地，依然保持着密切的关系。因此，当我读到这句话时感触很深（它是我写这则随笔的主要原因）。我在我的《鸟的建筑》里，也曾这样写过："在神造的东西日渐减少、人造的东西日渐增添的今天，在蔑视一切的经济的巨大步伐下，鸟巢与土地、植被、大气、水，有着同一莫测的命运。在过去短暂的一二十年间，每个关注自然和熟知乡村的人，都已亲身感受或目睹了它们前所未有的沧海桑田性的变迁。"

大约在一九九三年初，我在已经消失的原王府井书店，买到过一册大开本的中国鸟类图谱。从这册图谱，我可以辨认出小时我熟悉的鸟类，近三十种。但是今天，在我的家乡，除了留鸟麻雀和喜鹊，已经很难见到其他鸟类了。

赫在他的这篇散文最后，感慨写道："美消逝了，而且一去不复返。"在人类一意营造物质繁荣的进程中，我们这个世界已经和正在消逝的，岂止是美？赫只活到一九二二年，如果今天他仍然在世，我相信，他会指明这一点的。

五十八

十月的一天，在我的居所附近、一座已经收获的果园里，诗人黑大春为我和一平做过一个与算命有关的游戏。游戏很简单，他先让我们各自说出三种自己最喜欢的动物，然后给出答案。我想了想，依次列举了麻雀、野兔和毛驴。（相对说来，我不太喜欢强大的、色彩鲜明的动物；而较偏爱卑弱的、颜色与土地贴近的动物。）游戏的答案是这样的：第一个动物是你爱的人；第二个动物仿佛是你；第三个动物实际才是你自己。我为这个游戏，将我与毛驴连在一起，没有产生丝毫的不快之感。这个结论，我愿意认同。

回来后，我找出生物学词典，第一次特意查了"驴"的条目。上面很富散文地写道："性温驯，富忍耐力，

但颇执拗；堪粗食，抗病力较其他马科动物强……"同时我还记得，我喜爱的西班牙诗人希梅内斯对驴子的深情赞颂：你耐劳，深思，忧郁而又亲切，是草地上的马可•奥勒留。

五十九

鸟儿的叫声是分类型的。大体为两种，鸟类学家分别将它们称做"鸣啭"和"叙鸣"。鸣啭是歌唱，主要为雄鸟在春天对爱情的抒发。叙鸣是言说，是鸟儿之间日常信息的沟通。鸣啭是优美的，抒情的，表达的，渴求的，炫示的；叙鸣则是平实的，叙事的，告诉的，交流的，琐屑的。需要说明的是，在众多的鸟类中，真正令我们心醉神迷的鸣啭，一般与羽色华丽的鸟类无关，而主要来自羽色平淡的鸟类。比如著名的云雀和夜莺，它们的体羽的确有点像资本主义时代那些落魄的抒情诗人的衣装。

这种现象，不仅体现了主的公正，也是神秘主义永生的一个例证。

六　十

我是在早晨散步时看到它的。当时，第一场寒流刚刚在黎明逝去，太阳正从大地的东南角缓缓升起，万物都在回暖的阳光中骄傲地亮出影子。它们的样子，很像古代的大王们借着时势纷纷树起自己的旗帜。

而它俯伏在那里，一动不动。它的体色鲜明，仍同夏天的草叶一样。它的头很小，为三角形，两只大大的复眼，凸在头顶。它有一对壮硕的镰刀状前足，为此世代的农民都亲昵地叫它"刀螂"。它平常总是昂着头，高悬前足，姿态非常威武。在孩子们的眼里，它是昆虫中的男儿、大力士和英雄。它被这场猝不及防的寒流冻僵了，它的肢还可伸展，体还有弹性。我将它放下，并安置妥当。我深信凭着太阳的力量和生命的神圣，它能苏醒过来。

第二天早晨，我再次路过那里的时候，它已经不见了。它是真的甦生了，还是被一只麻雀或喜鹊发现了呢？时至今日，我还是不时想到这个力士。

六十一

它们在鸣叫时，发出的是"呱、呱、叽"的声音。这种声音，常常使我想到民间的一种曲艺艺人。每到夏初的时候，当苇丛长起，它们便带着它们的竹板儿从南方迁至这里。它们只栖居在苇塘，它们的造型精巧的杯状巢就筑在距水面一两米的苇茎上。它们的数量必然有限，且很易滑向濒临绝灭的边缘：平原上的苇塘在逐年减少；它们的巢历来也是杜鹃产卵首选的目标。它们不能分辨哪是自己的卵，哪是杜鹃的卵。它们也不会料到它们所哺育的杜鹃的雏鸟，要将它们自己的雏鸟从巢内全部拱掉。它们每天毫无疑虑不停地往返，填充着巢中这个体型已经比它们还大的无底深渊。它们有一个很美的名字，叫作苇莺。它们的命运，比莎士比亚的悲剧更能刺痛人心。

六十二

在北方，每年一进入阳历的十二月份，如果你居住在北纬四十度以上的地区，如果你早晨散步时稍稍留意，你会发觉太阳不是从东方升起来的，而像是从南方升起来的。

每到这个时候，我就觉得太阳很像一个巨大的永不止息的钟摆，我们的祖先天才地将它摆动的幅度标识在"夏至"与"冬至"之间，而它呈现在大地上的两个端点，即是应该立碑明示的北回归线和南回归线。

六十三

鸟类的丰富，使它们的分类呈现多种角度。除了生物学上纲、目、科、属、种的划分以外，鸟类学家对它们也有多重区分。比如，依据它们的生理特征，将它们分为鸣禽、攀禽、游禽、涉禽及猛禽；依据它们的栖息环境，将它们分为森林鸟、旷野鸟、沼泽鸟和水泊鸟；依据它们的迁徙习性，将它们分为候鸟、留鸟、旅鸟和漂鸟等。

从本质上讲，旅鸟是一种候鸟，漂鸟是一种留鸟。我是最近才看到"漂鸟"这一富于意韵的名称的，它是指由于食源关系随季节变化而做较短距离漫游的鸟类，它的命名映现了作为科学工作者的鸟类学家可贵的诗意心灵。在全部的留鸟中，最典型的漂鸟是仿佛身负重大使命的，从一颗树到另一颗树，从一片树林到另一片树林的啄木鸟。它们夏在山林，冬去平野。它们迅疾的、灵动的、优美的、波浪般起伏的飞行，使大地上到处都投下过它们漂泊的身影。

啄木鸟一般被人们喻为树木的医生，而我更多地想到的是被陀思妥耶夫斯基称做"漂泊者"的俄罗斯历史上的知识分子。俄罗斯知识分子的始祖是拉吉舍夫（十八世纪俄罗斯最卓越的人物。他的卓越之处不在于独创的新颖思想，而在于他对实现正义、公道和自由的努力），他预见到并且规定了俄罗斯知识分子的基本特点。二十世纪俄国的"黑格尔",尼·别尔嘉耶夫在他的著作《俄罗斯思想》里讲道:"当他(拉吉舍夫)在《从彼得堡到莫斯科的旅行》中说'看看我的周围——我的灵魂由于人类的苦难而受伤'时,俄罗斯的知识分子便诞生了。"俄罗斯知识分子的神圣特性,决定了"俄罗斯作家进行创作不是由于令人喜悦的创造力的过剩,而是由于渴望拯救人民、人类和全世界,由于对不公正与人的奴隶地位的忧伤与痛苦"。

六|四

在昌平和我的出生地之间,有一条铁路线(即京包线)。过了这条铁路线,往西便是开阔的田野了。我出生的那座名叫北小营的村庄,也遥遥在望。

一次,我刚过了铁路,忽然从铁路边的树上,传来啄木鸟叩击树干的声响。它激烈、有力,自强而弱,仿佛一段由某种尚未命名的乐器奏出的乐曲。我停了下来。我想在树上找到这位乐手,看看它是如何演奏的。就在我寻找它时,我隐约觉得我在树上看到了另一只大鸟。但我不能断定,因为它又像一截粗枝。我继续寻找啄木鸟。

这时，我意外地听到了一声"咕、咕、鸟"的啼叫，那截粗枝在动：我看到了一只猫头鹰。由于距离较远，光线也暗，我只能看清它的轮廓。为了接近它，我不动声色慢慢向那棵树走去。将近一半距离，它似乎有所察觉，我看到它一跳便消失在树干背后了。到了那棵树下，我绕着树干来回察看，没有发现可容一只猫头鹰匿身的树洞，但它已消失得无影无踪（我一直目不旁视地盯着它，它没有飞走，也没有降落到地面）。我捡起一块石头震了震树干，没有任何反应。

那天恰好是春分，天也有些晦暗。在上午九点三十分左右，我遇见了这件富于神秘色彩的事情。这是我第一次实地看到昼伏夜出的猫头鹰，回来后便做了这个记录。

六十五

在鸟类中，无论北方还是南方，除了部分地区的渡鸦外，鸦科鸟一般均为留鸟。但我曾遇到过一次寒鸦与秃鼻乌鸦的混群迁徙，并把它写进了当天的日记。

一九九三年一月二十四日，农历正月初二，在京北以温泉著称的小汤山，上午约十一点，我和妻子到一家疗养院内散步。这个园林化的疗养院面积很大，里面有水、有树，还有一座十数米高的小山。在北方树木稀疏的平原，这里是鸟类的黄金乐园，也是旅鸟迁徙征途的理想驿站。起初是一片喧噪的鸦鸣，吸引了我们。我们走了过去，惊奇地发现小山周围的树上有许多颈部及胸、腹部呈灰白色的寒鸦，和通体辉黑、泛着金属光泽的秃鼻乌鸦（乌鸦的鼻扎大多广被鼻须。秃鼻乌鸦鼻孔裸露，有别于其他鸦类，故得此名。秃鼻乌鸦在冬季常常与寒鸦混群活动）。它们像累累的果实，缀满了枝头，在冬天光裸的树上，非常醒目。更令我们兴奋的，从北方，从旷远的天边，鸦群依然在不时涌现。它们一群群飞来，鸣噪着降落在这里。而先行到来的鸦群，经过短暂的休整，已陆续开始启程。仿佛这里汇聚了北方所有的乌鸦，一些鸦群离去，一些鸦群到达。在春天即将降临的时候，它们集结起来，令人不解地浩浩荡荡向南方赶去。

六十六

（美国生态学家杰·内贝尔在他的《环境科学——世界存在与发展的途径》一书中指出，地球对人口数量的承载能力——在维持人们基本生活，并且不会使环境退化到未来某时期因缺乏食物和其他资源而突然出现人口减少的情况下，地球所能负担的人口数量——约在五亿至一百五十亿之间：即如果人人都过类似非洲居民那样的简单生活，地球对人口数量的承载能力可达到一百五十亿；如果人人都过西方发达国家国民那样的富裕生活，地球对人口数量的承载能力为五亿。美国另一位生态学家欧·拉斯洛也测算过，一个预期寿命为八十岁的普通美国人在目前的生活水平下一生要消费约两亿升水，二千万升汽油，一万吨钢材和一千棵树的木材，如果五十五亿人都这样毫无顾忌地消耗自然财富，那么地球"在一代人的时间里就会流尽最后一滴血"。而温哥华大学教授比·里斯的结论是："如果所有的人都这样地生活和生产，那么我们为了得到原料和排放有害物质至少还需要二十个地球。"）

有一天，人类将回顾它在大地上生存失败的开端。

它将发现是一七一二年，那一年瓦特的前驱、一个叫托马斯·纽科门的英格兰人，尝试为这个世界发明了第一台原始蒸汽机。

六十七

（我在《上帝之子》一文中这样写过："在所有的生命里，我觉得羊的存在蕴义，最为丰富。'你们要防备假先知，他们到你们这里来，外面披着羊皮，里面却是残暴的狼。'羊自初便位于对立的一极，它们草地上的性命，显现着人间温暖的和平精神；它们汇纳众厄的孺弱躯体，已成人类某种特定观念标准的象征和化身。"）

它们在J·H·摩尔的著作中，被称做天空的孩子。它们是从文明之前的险峻高山，来到平原的。它们的颜色和形态，至今依然像在天上一样。它们没有被赋予捍护自己的能力，它们惟有的自卫方式便是温驯与躲避。它们被置于造物序列的最低一级，命定与舍身联在一起。它们以其悲烈的牺牲，维系着众生的终极平衡。它们是一支暴力与罪恶之外的力量，微弱而不息地生存在世界上。

六十八

在雀形目鸟类中，体形最大的是鸦科。鸦科鸟下分两支，一支是鸦，一支是鹊。鸦的种类较多，如寒鸦、松鸦、星鸦、渡鸦、白颈鸦、秃鼻乌鸦、大嘴乌鸦、小嘴乌鸦等。鹊主要为喜鹊和灰喜鹊两种（还有一种数量较少、分布不广的红嘴蓝鹊）。

喜鹊的躯体比灰喜鹊壮实，粗拙。它们站立时惯有的警觉动作和那身从早到晚的燕尾服，使它们被儒勒·列那尔戏谑地称做"最有法国气派的禽类"。它们仿佛拥有一副金属的喉咙，叫声锐利、干燥、毛糙，一派大巧若拙的气度。灰喜鹊的形体柔美，羽色具有灰蓝和苍蓝的光泽。它们的叫声娇媚、委婉、悠然。它们聚在一起的时候，很像一群古代仕女。

这是两种北方典型的留鸟。在冬季，看着它们，你会想到一个王国：喜鹊是王，灰喜鹊是后（它们喜欢在山地和树林活动，如在后宫），而那些在它们周围起落的、时而尾随它们飞行一程的麻雀，则是数量众多的国民。其他偶尔出现的鸟类，如乌鸦啦、老鹰啦及啄木鸟等，都像国外来的旅行者。

六十九

"四十岁以前的相貌上帝负责，四十岁以后的相貌自己负责。"这是上个世纪林肯的一个说法。它的直接意思是说，一个人的容貌在四十岁之前取决于他的双亲，在四十岁之后取决于他的心灵。即一个人的心质、灵魂能够影响他的容貌，或者说一个人的心质、灵魂能够通过他的容貌得到准确反映。

莎士比亚曾经让哈姆莱特向他的母亲指出两个兄弟肖像的天壤之分：一个堂堂的先王，一个猥琐的篡位者。在《心灵史》中，我也读到过这样一段文字："关里爷是一位坚毅而善良的白须老者，永远手握一枝竹笔，满腹阿拉伯和波斯词汇，一脸圣洁的苏莱提之光。""苏莱提"，阿拉伯语，意即信仰者特有的容貌之美。

传统的"文如其人"（"人之邪正，至观其文则尽矣"）的结论，由于存在古今一些作家"言行不一"的反证，正受到愈来愈多的现代读者质疑。我想，这一富有真理色彩的成语，也许将来会被"貌如其人"代替。

七　十

在放蜂人的营地，我曾看到过胡蜂（即我们通常所称的马蜂）同蚂蚁一起在蜜桶偷食蜂蜜。这个经验，导致我后来犯了一个无法弥补的过错。

胡蜂在我的书房窗外筑巢期间，为了酬劳它们，我在巢下的窗台为它们放过一只尚有余蜜的空蜂蜜瓶。我是下午放上的，但到了傍晚，也未见一只蜂触动蜜瓶。晚上九点，我突然发现外面蜂巢大乱，只见窗户上，瓶子里，到处是蜂。可能它们天黑停止工作后，部分蜂出来吃蜜，这些带有蜜味的蜂回巢后遭到了攻击。直到夜里十一点，蜂巢才渐渐安静下来。我打开纱窗，将瓶子放倒，因为里面还有七八只蜂无法出来。这些满身是蜜的蜂，艰缓地沿窗向上爬去，它们小心翼翼地接近蜂巢，身后的玻璃上留下了道道蜜痕。

翌日一早，蜂群又正常地开始了它们紧张有序的建设工作。一种预感，使我忽然想到楼下看看。在楼下，我找到了十余只死蜂。由于愧怍，我没有将这件事情写进《我的邻居胡蜂》里。但我当天写了日记，我在最后写道："请原谅，胡蜂！"

七十一

一双谛听的比脑袋还长的耳朵，两条风奔的比躯干还长的后腿，以及传统的北方村庄的颜色、鱼一样的寂哑无声，这些大体构成了一只野兔的基本特征（同时也喻示了它们的黑暗命运）。

这是一种富于传奇色彩和神秘气氛，以警觉和逃遁苟存于世的动物。它们像庄稼一样与土地密不可分，实际它们看上去已经与土地融为了一体（我将野兔视作土地的灵魂）。传说白天见到一只野兔的地方，夜晚便会出现一群。而误伤同伙或自伤，往往是那些捕猎野兔的猎手的最后下场。在西方，野兔不仅曾经与月亮女神有关，也曾被民间当做遭到追逐而无处躲藏的女巫化身。

野兔本有一种令人惊异的适应环境的能力，它们在全球的分布比麻雀更为广泛和普遍（上至海拔四千九百米的山地，远至两极的冻原），但是现在人们却很难见到它们的踪迹了。我一直居住在北京郊区，且常深入田野，但我对野兔的印象主要来自童年的记忆。一次愚人节，我打电话庄重地告诉城里一位朋友，说我赤手抓到了一只野兔。其实，甚至今年春天在河北霸州，我提着望远镜在平原上徒步走了一上午，也未发现一只。是的，野兔已从我们的土地上销声匿迹，正如它们在一支西方民歌中所慨叹的："这是人的时代。"

七十二

"杜鹃"更像一个人的名字，一个在向日葵、碾盘和贫匮院落长大的农家姑娘的名字。我喜欢它们的别称：布谷（尽管在鸟类学家那里，杜鹃属中只有大杜鹃才被这样称呼）。"布谷"一词，让人联想到奇妙的、神异的、准确无比的二十四节气，它从字形发音以及语意都像二十四节气，洋溢着古老的土地和农业气息。在鸟类中，如果夜莺能够代表爱情的西方，布谷即是劳作的东方的最好象征。

就像伊索寓言里夏天沉迷于歌唱、冬天向蚂蚁乞粮而遭到嘲笑的蝉，唯一不自营巢而巧借他巢繁衍的鸟，即是引吭沥血高歌的杜鹃（杜鹃可产出与寄主的卵酷似的拟态卵，它将卵放人寄主的巢后，便会衔走寄主一个或多个卵，以免被寄主觉察卵数的异常）。如冠军或独裁者，杜鹃在世上的数量不多。我从未听到过三只以上的杜鹃同时啼叫，通常只是一只。每一个巧取的富人须有若干本分的人作他的财富基础，而每一只杜鹃后面必有一个牺牲寄主满巢子代的血腥背景（出壳后的杜鹃幼雏，会将同巢寄主的卵或幼雏全部推出巢外，独享义亲哺养）。

杜鹃的胆子，与其智能、体形均不相称。它们一般隐匿于稠密枝隙，且飞行迅疾，使人闻其声却难见其形。华兹华斯即曾为此感叹："你不是鸟，而是无形的影子，/是一种歌声或者谜。"迄今我只观察到过一次杜鹃，当时它在百米以外的一棵树上啼鸣。我用一架二十倍望远镜反复搜寻，终于发现了它。它鸣叫的样子，正如我们通常在鸟类图谱中看到的：头向前伸、微昂，两翼低垂，尾羽上翘并散开，身躯上缘呈弧形。在望远镜里，这羞怯的、庄重的、令整个田园为之动容的歌手，无论大小、姿态及羽色都像一只凶猛的雀鹰。

七十三

过去，我一直认为麻雀行走只会向前蹦跳，因为我从未看到过它们像其他鸟类那样迈步。这种怪异的、仿佛两腿被绊住的行走方式也许是麻雀所独有的，我注意过比麻雀体形更小的鸟在地面行走时也是迈步。

一次在北京西站候车，正是清晨，旅客稀少，在候车大厅外面的小广场上，我看到一只正在觅食的麻雀。我观察着它，它啄一下，便抬一次头，警觉地向四周瞧瞧。我忽然发现它会迈步：当它移动幅度大时，它便蹦跳；而移动幅度小时，它则迈步。法布尔经过试验推翻了过去的昆虫学家"蝉没有听觉"的观点（蝉听不到低频的声音，但能听到高频的声音），此时我感到我获得了一种法布尔式的喜悦和快感。

我想，作为一种在人类周围生息的"蓬间雀"、一种地面鸟，麻雀在危机四伏的环境里觅食需要大步快速走动，但是"企者不立，跨者不行"，由此便形成了它们像袋鼠一样跳跃行走的习性。

七十四

在张家界，有一晚夜宿天子山。晚上我独自出来在漆黑的山路散步，听着近在咫尺的汩汩水声，我忽然想到了一个水系与一个国家的"对应"关系。

就像任何水流都开始于水滴，任何人类社会行政单位的构成都需要有它若干数量的个体。一滴水，即一个人。当若干水滴喜悦相遇，连成一泓水线时，便出现了一个村。而若干水线形成的溪流，即是一个乡。若干溪流结成的已具备拥有自己名称资格的小河，则是一个县。若干小河汇成的仿佛能够划地独立的支流，就是一个省。最后，支流合成干流；省合成国家。一条干流的流域，就是一个国家的领土面积。

从存在的角度讲，一个孤立的水滴意味着什么呢？死亡！故每个水滴都与生俱来地拥有一个终极愿望或梦想：天下所有的水滴全部汇聚在一起。在这个伟大梦想的驱动下，河流最终消失了，诞生了海洋。在人类这里，自古以来它的个体同样怀有与水滴相似的梦想，但它的废除了边界、海关和武器的"海洋"，至今尚被视作乌托邦。

七十五

在世界上，现在有两种事物的循环或轮回比较相像。

一种是树叶，一种是水。

这是两种壮美的、周而复始的运行：树叶春天从土地升到树上，秋天它们带着收集了三个季节的阳光又复归土地。而水从海洋升到天空，最终通过河流带着它们搬运的土壤又返回海洋（江河就是它们的永恒的道路和浩荡的队伍）。

不同的是，对于水来讲，以前它们从海洋出发最后再回到海洋，只是完成了一次次轻松愉快的旅行（它们徒手而来，空手而归）。后来，由于人类的崛起及其对地表的无限开掘和占据，它们便沦为了苦难的往返搬运不息的奴隶。

第　二　辑

一 九 九 八　　廿 四 节 气

这是昌平科技园区东部田野，在那棵钻天杨下是我为二十四节气拍照的地点。我站在树下，面向南方（右侧）拍照。
（1998年5月6日立夏）

1998年2月，苇岸开始为创作《一九九八 廿四节气》拍照和记录。每一节气的上午9点，在其居住的小区东部田野的一个固定位置，对同一画面拍摄一张照片，记录下天气情况及所见所闻。1998年10月24日开始写作此文，1999年3月27日完成前6节（每6节为一组）。为完成完整的一组，抱病写出清明、谷雨。但未能写完二十四个节气，成为终身遗憾。

立　春

日期：农历正月初八；公历 2 月 4 日。

时辰：辰时 8 时 53 分。

天况：晴。

气温：摄氏 5℃—－5℃。

风力：四五级。

对于北半球的农业与农民来说，新的一年是从今天开始的。

　　古罗马作家瓦罗在他的著作《论农业》中写到："春季从二月七日开始。"瓦罗所依据的日历，是当时的古罗马尤利乌斯历（尤利乌斯历即后来的公历前身）。在公历中，立春则固定地出现在二月四日或五日。这种情况，至少在本世纪的一百年如此。一个应该说明的现象是，本世纪上半叶立春多在二月五日，下半叶立春多在二月四日。

　　能够展开旗帜的风，从早晨就刮起来了。在此之前，天气一直呈现着衰歇冬季特有的凝滞、沉郁、死寂氛围。这是一种象征：一个变动的、新生的、富于可能的季节降临了。外面很亮，甚至有些晃眼。阳光是银色的，但我能够察觉得出，光线正在隐隐向带有温度的谷色过渡。物体的影子清晰起来（它们开始渐渐收拢了），它们投在空阔的地面上，让我一时想到附庸或追随者并未完全泯灭的意欲独立心理。天空已经微微泛蓝，它为将要到来的积云准备好了圆形舞台。但旷野的色调依旧是单一的，在这里显然你可以认定，那过早的蕴含着美好诺言的召唤，此时并未得到像回声一样信任地响应。

立春是四季的起点，春天的开端（在季节的圆周上，开端与终结也是重合的）。这个起点和开端并不像一个朝代的建立，或一个婴儿的诞生那样截然、显明。立春还不是春天本身，而仅仅是《春天》这部辉煌歌剧的前奏或序曲。它的意义更多地在于转折和奠基，在于它是一个新陈更番的标帜。它还带着冬天的色泽与外观（仿佛冬季仍在延伸），就像一个刚刚投诚的士兵仍穿着旧部褪色的军装。我想古希腊诗人赫西俄德《工作与时日》里的那句"灰色的春季"，正是从这个角度讲的。

雨 水

日期：农历正月廿三；公历 2 月 19 日。

时辰：寅时 4 时 43 分。

天况：阴，雨雪。

气温：摄氏 3℃—－2℃。

风力：一二级。

在二十四节气的漫漫古道上，雨水只是一个相对并不显眼的普通驿站。在我过去的印象里，立春是必定会刮风的（它是北京多风的春天一个小小的缩影），但雨水并不意味着必定降雨。就像森林外缘竖立的一块警示标牌，雨水的作用和意义主要在于提醒旅人：从今天起，你已进入了雨水出没的区域。

　　今年的雨水近乎一个奇迹，这种情形大体是我从未经历过的（它使"雨水"这一节气在语义上得到了完满的体现）。像童年时代冬天常有的那样，早晨醒来我惊喜地看到了窗外的雪。雪是夜里下起来的，天亮后已化作了雨（如古语讲的"橘逾淮为枳"），但饱含雨水的雪依然覆盖着屋顶和地面。雨落在雪上像掉进井里，没有任何声响。令人感到惊奇和神秘的是：一、雨水这天准确地降了水；二、立春以后下了这么大的雪；三、作为两个对立季节象征的雨和雪罕见地会聚在了一起。

在传统中，雪是伴随着寂静的。此时的田野也是空无一人，雪尚未被人践踏过（"立春阳气转，雨水送肥忙。"以化肥和农药维持运转的现代农业，已使往昔的一些农谚失去了意义）。土地隐没了，雪使正奔向春天和光明的事物，在回归的路上犹疑地停下了脚步。由于吸收了雨，雪有些蹋缩、黯淡，减弱了其固有的耀眼光泽。这个现象很像刀用钝了，丧失了锋芒。几只淋湿了羽毛的喜鹊起落着，它们已到了在零落乔木或高压线铁架上物色筑巢位置的时候了。面对这场不合时令的雪，人们自然会想到刚刚逝去不久的冬天；但在一个历史学家眼里，他也许会联想到诸如中国近代的袁世凯昙花一现的称帝时期。

惊　蛰

日期：农历二月初八；公历 3 月 6 日。

时辰：寅时 3 时 3 分。

天况：晴。

气温：摄氏 14℃— 2℃。

风力：二三级。

二十四节气令我们惊叹和叫绝的，除了它的与物候、时令的奇异吻合与准确对应，还有一点，即它的一个个东方田园风景与中国古典诗歌般的名称。这是语言瑰丽的精华，它们所体现的汉语的简约性与表意美，使我们这些后世的汉语运用者不仅感到骄傲，也感到惭愧。

　　"惊蛰"，两个汉字并列一起，即神奇地构成了生动的画面和无穷的故事。你可以遐想：在远方一声初始的雷鸣中，万千沉睡的幽暗生灵被唤醒了，它们睁开惺忪的双眼，不约而同，向圣贤一样的太阳敞开了各自的门户。这是一个带有"推进"和"改革"色彩的节气，它反映了对象的被动、消极、依赖和等待状态，显现出一丝善意的冒犯和介入，就像一个乡村客店老板凌晨轻摇他的诸事在身的客人："客官，醒醒，天亮了，该上路了。"

　　仿佛为了响应这一富于"革命"意味的节气，连阴数日的天况，今天豁然晴朗了（不是由于雨霁或风后）。整面天空像一个深隐林中的蓝色湖泊或池塘，从中央到岸边，依其深浅，水体色彩逐渐减淡。小麦已经返青，在朝阳的映照下，望着满眼清晰伸展的绒绒新绿，你会感到，不光婴儿般的麦苗，绿色自身也有生命。而在沟堑和道路两旁，青草破土而出，连片的草色已似报纸头条一样醒目。柳树伸出了鸟舌状的叶芽，杨树拱出的花蕾则让你想到幼鹿初萌的角。在田里，我注意到有十数只集群无规则地疾飞鸣叫的小鸟（疑为百灵）；它们如精灵，敏感、多动，忽上忽下；它们的羽色近似泥土，落下来便会无影无踪；我曾试图用望远镜搜寻过几次，但始终未能看清它们（另一吸引我注意的，在远处高新技术产业开发区外缘公路边的人行道上，一个穿红色上衣的少女手捧一本书，由北至南不停地走过来走过去）。可爱的稚态、新生的活力、知前的欢乐、上升的气息以及地平线的栅栏，此时整个田野很像一座太阳照看下的幼儿园。

"惊蛰过，暖和和。"到了惊蛰，春天总算坐稳了它的江山。

春　分

日期：农历二月廿三；公历 3 月 21 日。

时辰：寅时 3 时 57 分。

天况：晴。

气温：8℃——－2℃。

风力：二三级。

"四时八节"，在二十四节气里，春分是八个基本节气之一。西方古代为了便于农事，曾将一年划分成八个分季，第二分季即"从春分到维尔吉里埃座七星升起"。春分是春季的中分点，同时就一年来说，"春分者，阴阳相半也，故昼夜均而寒暑平"。春分这天太阳正当赤道上方，它将自己的光一丝不苟地均分给了地球南北，人们平日常说：像法律一样公正。实际就此与春分或秋分相比，这是个并不十分恰当的比喻（因为法律最终都要通过法官体现）。在春分前后，如果你早晨散步稍加留意，会发觉太阳是从正东升起的。过了春分，"幽晦不明，天之所闭"的北方人民便明显感到，太阳一天天近了。

　　在春天的宫廷里，还是发生了一次短暂的政变。三月十八日深夜，大风骤起，连续两天风力五六级，白天的最高气温降至摄氏三度。关于世间类似这种突发的、一时的、个别的、偶然的"倒行逆施"，它的最大消极作用，主要还不在其使率真勇为的先行者遭受了挫折和打击，而在其由此将使世间普遍衍生以成熟和大家风度自诩的怀疑、城府、狡黠、冷漠等有碍人类愉快与坦诚相处的因素。

仿佛依然弥漫着政变刚刚被粉碎的硝烟，今天尽管大风已息，气温回升，但仍有料峭的寒意。与惊蛰对照，春分最大的物候变化是：柳叶完全舒展开了，它们使令人欣悦的新绿由地面漫延上了空间；而杨树现在则像一个赶着田野这挂满载绿色马车的、鞭子上的红缨已褪色的老车夫。另外一个鲜明变化，即如果到山前去，你可以看到盛开的总与女人或女人容貌关联的桃花。

"九尽杨花开，农活一起来。"每年到了三月中旬，一般便出九了。但眼下农田除了零星为小麦浇返青水的农民外，依然显得空旷、冷清。现代农业作物种植的单一和现代农业机械器具的运用，不仅使农业生产趋于简便，也使农民数量日渐减少。随着工业文明的推进，人口学家预测，二〇一〇年世界人口达到七十亿，其中城市居民将逾三十五亿，有史以来首次超过农村人口。在人类的昨天，无论东方还是西方，农业和农民都曾倍受尊崇。古希腊罗马时期，人们曾用"好农民"或"好庄稼人"来称赞一个好人（"受到这样称赞的，就被认为受到了最大的称赞"）。古罗马作家加图在他的《农业志》中这样赞美农民："利益来得最清廉、最稳妥，最不为人所疾视，从事这种职业的人，绝不心怀恶念。"如果加图的说法成立或得到我们认同，那么看来人类社会由农业文明向工业文明的转化，不光污毁了自然，显然也无益于人性。

清　明

日期：农历三月初九；公历 4 月 5 日。

时辰：辰时 8 时 6 分。

天况：晦。

气温：17℃—8℃。

风力：零或一级。

作为节气，清明非常普通，它的本义为，"万物生长此时，皆清洁而明净，故谓之清明"。但在二十四节气中清明后来例外地拥有了双重身份：即它已越过农事与农业，而演变成了一个与华夏人人相关的民间传统节日。就我来说，清明是与童年跟随祖母上坟的经历和杜牧那首凄美的诗连在一起的，它们奠定了我对清明初始的与基本的感知、印象和认识。我想木米也许只有清明还能使已完全弃绝于自然而进入"数字化生存"的人们，想起古老（永恒）的二十四节气。

　　二十四节气的神奇、信誉与不朽的经典性质，在于它的准确甚至导致了人们这样的认识：天况、气象、物候在随着一个个节气的更番而准时改变。与立春和立秋类同，清明也是一个敏感的、凸显的显性节气，且富于神秘、诡异气氛。也许因其已经演变为节日，故清明的天况往往出人意想地与它的词义相反（这在二十四节气里是个特例），而同这一节日的特定人文蕴涵紧密关联。在我的经验里，清明多冽风、冥晦或阴雨；仿佛清明天然就是"鬼节"，天然就是阳间与阴界衔接、生者与亡灵呼应的日子。

今年的清明，又是一个典型例证。延续了数日的阴天，今天忽然发生了变化：天空出现了太阳。这是可以抬头直视的太阳，地面不显任何影子（与往日光芒万丈的着装不同，太阳今天好像是微服出访）。整个田野幽晦、氤氲、迷蒙，千米以外即不见景物，呈现出一种比夜更令人可怖的阴森气氛。麦田除了三两个俯身寻觅野菜的镇里居民外，没有劳作的农民。渲染着这种气氛的，是隐在远处的一只鸟不时发出的"噢、噢、噢"单调鸣叫。它的每声鸣叫都拉得很长，似乎真是从冥界传来的。这是一种我不知其名、也未见过其形的夜鸟，通常影视作品欲为某一月黑之夜杀机四伏的情节进行铺垫时，利用的就是这种鸟的叫声。

从田野返回的路上，我在那片高新技术产业开发区一家药业公司圈起待建的荒地内，看到一群毛驴，大小约二十头，近旁有一位中年农民。我走了进去，和中年农民攀谈起来。他是河北张北人，驴即来自那一带。这是购集来供应镇里餐馆的。我问：驴总给人一种苦相感，农民是不是不太喜欢它们？中年农民答：不，农民对驴还是很有感情的，甚至比对马还有感情；驴比马皮实，耐劳，不挑食，好喂养，比马的寿命也长。

谷　雨

日期：农历三月廿四；公历 4 月 20 日。

时辰：申时 15 时 16 分。

天况：晦。

气温：26℃—14℃。

风力：零或一级。

从词义及其象形看，"谷"首先指山谷。瑞典汉学家林西莉在她的著作《汉字王国》中即讲："我只要看到这个字，马上就会想起一个人走进黄土高原沟壑里的滋味。"当谷与雨并连以后，它的另一重要含义"庄稼、作物"无疑便显现了。

像"家庭"一词的组构向人们示意着只有屋舍与院子的合一，才真正构成一个本原的、未完全脱离土地的、适于安居的"家"；"谷雨"也是一个包含有对自然秩序敬畏、尊重、顺应的富于寓意的词汇，从中人们可以看出一种神示或伟大象征：庄稼天然依赖雨水，庄稼与雨水密不可分（僭越的、无限追求最大产值的现代农业对地下水的过度采掘，后果是导致了全球淡水资源的危机）。

谷雨是春季的最后一个节气，也是一年中最为宜人的几个节气之一。这个时候，打点行装即将北上的春天已远远看到它的继任者——携着热烈与雷电的夏天走来的身影了。为了夏天的到来，另外一个重要变化也在寂静、悄然进行，即绿色正从新浅向深郁过渡。的确，绿色自身是有生命的。这一点也让我想到太阳的光芒，阳光在早晨从橙红到金黄、银白的次第变化，实际即体现了其从童年、少年到成年的自然生命履历。

麦子拔节了，此时它们的高度大约为其整体的三分之一，在土地上呈现出了立体感，就像一个十二三岁的男孩开始显露出了男子天赋的挺拔体态。野兔能够隐身了，土地也像骄傲的父亲一样通过麦子感到了自己在向上延续。作为北方冬天旷野的一道醒目景观的褐色鹊巢，已被树木像档案馆对待自己的秘密一样用叶子悉心掩蔽起来。一只雀鹰正在天空盘旋，几个农民在为小麦浇水、施撒化肥。远处树丛中响起啄木鸟的只可欣赏而无法模仿的疾速叩击枯木的声音，相对啄木鸟的鸣叫，我一直觉得它的劳动创造的这节音量由强而弱、频率由快而慢的乐曲更为美妙迷人。

（编者注：廿四节气以下的篇章均为作者未完成的草稿）

立　夏

日期：农历四月十一；公历 5 月 6 日。

时辰：丑时 1 时 40 分。

天况：阴。

气温：22℃— 13℃。

风力：三四级。

『阴（云无形态，太阳偶尔能显出圆形）。气温：22℃－13℃。风力：三四级（近午刮起来）。

麦子已经抽穗了，麦芒耸立着，剑拔弩张的样子，但剥开，尚未形成麦粒，空的。听到了远处"四声杜鹃"的声音。树木的叶子已充分舒展开来，绿色也由浅绿、新绿向深绿和墨绿过渡。洋槐花已开放约十天，似盛期已过，叶子已遮掩了花。农民正在麦田拔　种类似野花的草，水也刚浇过。依然是喜鹊。飞过两只乌鸦。』

小　满

日期：农历四月廿六；公历 5 月 21 日。

时辰：未时 14 时 38 分。

天况：晴转阴，小到中雨。

气温：25℃— 14℃。

风力：一二级。

『气温：25℃－14℃。风力：一二级。晴转阴，小到中雨。

八点前还有阳光，它的阴不是从某个方向开始，而是整面天空渐渐烟雾浓云起来，阳光是渐渐淡化、消失的，可以仰视太阳，但它不是圆形，而是一团棉絮状。

麦田成型（定型）了，立体、挺拔，颜色尚未转变，麦芒上挂着柳（杨）白絮，麦粒成型，白色的，还无质感。春天的新鲜、活泼已消失，平静的、稳重的夏天正在衍进。泡桐还有花，一切叶子已舒展开来。全部的绿色。听到远处的布谷鸟声，灰喜鹊与喜鹊。』

芒　种

日期：农历五月十二；公历 6 月 6 日。

时辰：卯时 6 时 2 分。

天况：晴，傍晚有雨。

气温：29℃— 15℃。

风力：零或一级。

『晴，气温 29℃ — 15℃（6 月 5 日），傍晚有雨。

一周前已显进入雨季，下雨频且持续长，花期已全部结束，对于自然任务来说。麦田处在由青而黄的过渡中，它是绿与黄的综合色。麦粒已形成青白色，果肉很嫩。

青草已覆盖地面，新绿，寸草的样子。

麦田的黄色，首先是叶子黄了，然后根部。

早种的玉米已高出麦田，晚种的还不及三分之一高（五六片叶子）。远山后埋伏着白红色云团，仿佛随时会带一阵雨来。小白蝴蝶翻飞。

在我身边的不高大的柳树（或更远），我忽然听到苇扎子（苇莺）微弱的叫声，像鹊鸟。很奇怪，因为并无苇塘。一两只喜鹊。麻雀。

《工作与时日》P18：

这时候，山羊最肥……

黄色是太阳、黄金成熟的颜色，是帝王偏爱的颜色，是结束、最后的颜色。

"色有五章，黄其主也。"』

夏　至

日期：农历五月廿七；公历 6 月 21 日。

时辰：亥时 22 时 44 分。

天况：阴晴，傍晚有雷阵雨。

气温：33℃— 19℃。

风力：一二级。

『气温：33℃－19℃。风力：一二级。半阴半晴（天空云量渐多，傍晚有雷阵雨天气）。

麦子已收割完毕，田野尚弥漫着麦秸的气息，田地因麦秸而有些凌乱，像客人刚刚离去或退潮，一个季节的逝去。

麻雀信意地起落、鸣叫，它们拥有田里遗落的麦粒。全是麻雀，未见喜鹊。听到远处一、两声杜鹃叫，还有啄木鸟啄枯树的声音（雏雀大概已会飞了）。

种的早玉米已一人高了，它们接替麦子成了田野的主角。菜田开着黄花，白蝴蝶翻飞。

几个戴草帽的农民，在田里为玉米、豆秧除草。

天空弥漫着灰黑色的烟雾（尘），没有云形。地面有影子。远处渐渐隐没烟雾中，（没？）有地平线。

河南登封的"无影台"：夏至日见不到影子。

夏至：意一个客人到了。

一个不受欢迎的客人进了（大？）门。』

小　暑

日期：农历闰五月十四；公历 7 月 7 日。

时辰：申时 16 时 25 分。

天况：晴，午后到傍晚有阵雨。

气温：34℃—21℃。

风力：三四级。

『气温：34℃－21℃。微风（三级），西北风三四级。午后至傍晚北部山区有雷阵雨。

倾盆大雨后的第二天（我从未经历过这样的大雨，下时有恐怖气氛）。世界干干净净，树叶及地面都闪亮，水流的痕迹。天空很蓝，自中及边缘渐渐减淡，现微白色。只有东南方边缘的天空有白云铺开来。蜻蜓低飞。积水像块块镜子。

玉米已抽穗扬花，新挺出的玉米果顶着淡黄及粉红的缨（接纳授粉）。这是早种的玉米。其下部的叶子已普遍被虫子吃成条状。晚种的玉米刚半人高。

听到个别的微弱的蝉鸣，这是先行步出地面的先驱。

田野沉寂，除偶尔飞过的麻雀及一、两只喜鹊，未见其他鸟。

一个农民在扶倒伏的玉米，一个农民在为玉米除草。

也见了一两只燕子飞。

雷雨随时发生的节令，西北天际随时可涌上云团，像在森林随时可遇上野兽。

住宅区树上还未响起蝉鸣。』

大　暑

日期：农历六月初一；公历 7 月 23 日。

时辰：巳时 9 时 37 分。

天况：阴，中到大雨，局部暴雨。

气温：27℃— 22℃。

风力：零或一级。

『阴，中雨到大雨，局部暴雨。气温：27℃－22℃。无风。

夜里刚下过雨。仍有雨待降。雨无云形，似灰色刷过一样均匀。有蛙鸣。喜鹊和灰喜鹊在附近鸣噪。

天空五只鸟（不明其名）自东北向西南飞，四只成一线纵队，另一只在队右侧数米远，像城中巡逻的士兵，由警官带队。带队者不时发出哇或嘎的叫声，这鸣叫声介于哇或嘎之间，它们向西南飞，又转了回来飞向北，但队列中的一只出列了，来回转，只有四只仍保持原来队形飞向北，领队者叫着，后又飞向东北方向。它们可能是亲鸟在教幼鸟练习。它们可能是鸦，也可能是别的鸟。

玉米的方阵已初成，两米高，方叉直指天空，孤独的青蛙（单声鸣叫）和群体的蛤蟆（群声鸣叫）。

九点时（差两三分钟时），我调好相机，准备拍照。我站立的地点是一条田间路边，我面向正南，左侧是一棵高大的杨树。这个时候，在左侧即东面的路上，出现了一只褐色野兔。我注视着它，一动不动。它向我这个方向过来了，且从路边玉米地里又出现了一只跟在其后。它们走走停停，很警觉，离我越来越近。我屏息凝神，目不转睛，我想它们一定将我当成了一棵树，它们一直到了我身边一、两米的样子，已在我身后，我只能用余光看到它们，我不敢转头。它们没有继续向前走，而是转回来，一前一后又返回了，它们在我身边稍有停顿。直到它们走远了，我才想起我一直举着相机，但为不惊动它们未敢拍照。当我为野兔拍照时，一只已进麦田。我又等了近二十分钟，期待这两只再次出现，想拍一张照片，但它们消失在玉米地中了。

阴雨天，蝉是哑的。草木碧绿茂盛。』

立　秋

日期：农历六月十七；公历 8 月 8 日。

时辰：丑时 2 时 8 分。

天况：晴，傍晚有阵雨。

气温：32℃— 23℃。

风力：零或一级。

『气温：32℃－23℃。晴为主，傍晚有雷阵雨。

连续阴天（至少两天）后的晴天。

天空今天又呈现了典型的大海或池塘的景象：无一丝云彩，正中蓝（也蒙有淡淡的烟雾），向边缘延伸蓝色渐渐减淡，直到混浊的灰白色。远山隐现。

有凉爽的气流，身体能感到这股气流，明显地感到。像在河中游泳，水流的感觉。凉意、滑动，侵入周身（早立秋，凉飕飕）。

蝉鸣覆盖了八月，寒蝉已出现。蝉的金属片，一只蝉像一台机器。机器轰鸣。玉米扬花授粉已毕，棒可煮食。

蜻蜓、蝴蝶翻飞。青草覆盖了每一寸土地。

今天是一个转折点（始皇登基，婚礼，太阳能够到

达的南北回归线），身体与环境空间已有分离感，身体
似乎开始收缩了。凉爽气氛。

　　仿佛火熄灭了。

　　闰五月的月亮（十七）^①很圆，在几缕白云的天空。
一派秋天景象。夜，秋虫鸣。』

---

①一九九八年立秋是农历六月十七日，但此时间闰五月已过，此处有疑。—— 编注

处 暑

日期：农历七月初二；公历 8 月 23 日。

时辰：申时 16 时 33 分。

天况：晴。

气温：30℃— 19℃。

风力：零或一级。

『气温：30℃－19℃。晴，无风。

空间不透明，充填着雾、岚、烟气，稀薄的气体。看不到远山，天空中央微蓝。边缘灰黄色相混。天空有锅的感觉。

草已结籽秀穗，开始泛黄。鸣叫的秋虫潜伏其间。有凉爽气流，让人想到秋凉。攀上围栏的牵牛花，向阳盛开。芝麻的花已开到顶端，地下落英一片。

一种秋虫的鸣叫，让找想到是眼睛转动的声音。

局部的玉米已被收获。我记这则文字时，在一棵柳树下，一条逃走的黄绿色小蛇，叫我站了起来，吓了我一跳。

晚种的玉米，吐出红缨（车夫鞭子上的）。而叉子上的粉已授毕。

路边三个长者，其中一个正在读报，我骑车经过他们身边时，我听到了读的一句话："是解放军救了这孩子，就叫军生吧。"（南北正在抗洪。上午近九点。）』

白　露

日期：农历七月十八；公历 9 月 8 日。

时辰：寅时 4 时 52 分。

天况：多云转阴，有阵雨。

气温：27℃— 20℃。

风力：零或一级。

『气温：27℃－20℃。多云转阴有阵雨。

阴，天空布满灰色的层云，它的形状像汛期涌动不平的湖水，有薄有厚。薄处能现白色太阳的圆盘。

一种白色的小型蝴蝶，在植物上方无目的地随意飞舞，姿态像乡下娶亲上、下、左、右晃动的轿子，也似急流的溪水中漂浮的树叶。它们飞得很高，跃上了六层楼。它们飞得无任何规则，方向在不断变换中，慢而不易捕获。我见过追捕它们的麻雀和喜鹊失败过（蛾子）。

一架飞机飞过，轰隆声很重，但不见其影，它在云层上方。

油葫芦鸣声一片，一种像轻吹哨子的声音。蝉已哑了，它们在草丛中代替了蝉的声音。没有虫鸣的秋天是无生命的。

一个农民在掰玉米，我说："您开始收了？"他说："是呀，大秋了嘛。"

草的种子仍在孕育。树叶已有早凋。牵牛花盛开。

喜鹊。没有蝉声。

（晋崔豹《古今注》："促织，一名投机，谓其声如急织也。"）』

秋　分

日期：农历八月初三；公历 9 月 23 日。

时辰：未时 14 时 8 分。

天况：阴转晴。

气温：24℃— 13℃。

风力：一二级。

『气温：24℃－13℃。半阴转晴，微风（20 日阴，21、22 日晴。）

天空四周是无形的灰白云。近中央有蓝天显出，是鱼鳞云，水纹云。

南瓜的花，开着疏花，黄色的。

玉米已收获，地已犁，小麦刚种上。农民在接地头。一只刺猬从玉米秸堆中跑出，它没有奔逃的姿态，有危险它即缩成一团。刺是它的保障。

拖拉机耕地时，蜘蛛、油葫芦等像洪水中的灾民向一旁弃逃。

土地翻过来了，新的一轮的开端。

本质显露。种麦后便水浇地。

那屠格涅夫的休耕地不见了。

土地是现代农业榨（？）至极限的奴隶。

地空旷后，空间感诞生了。

地面黄色的庄稼收获后，似洪水退去。

蟋蟀的叫声稀了，它们的鸣叫似从地洞中传出，特别是白天。蟋蟀是夜晚的昆虫，它们在白天鸣叫似……

丝瓜的五瓣黄花仍然向阳开放，蜜蜂、蝴蝶依然在采蜜。

绿色渐渐消褪，似秋水渐渐清澈。毛草已枯黄。

（关于休耕地：

"土地应该每隔一年休耕一次……"《论农业》P24

"休耕地是生活的保障，孩子们的安慰。"穿上了魔力的红舞鞋（《工作与时日》）。』

寒　露

日期：农历八月十八；公历 10 月 8 日。

时辰：戌时 20 时 16 分。

天况：阴。

气温：25℃— 15℃。

风力：二三级。

『气温：25℃－15℃。阴，二三级风。

阴但无凉意，橘黄色的太阳尚能直视，但已有它的光与热的感觉（不能直视太久）。

瓜类植物及洋芋仍有残花，金黄色的，金黄是花朵在秋天首选的颜色。

树下早晨已有一层落叶（洋槐），它的叶子不是全体渐黄，而是绿色的主体中，斑斑点点出现黄叶。

农民在公路两旁晒玉米粒，红黄色。

秋虫仍在鸣叫，蟋蟀的纺车声及拉长声音的单声的不知名虫的鸣叫。

麦子已长出，三四个叶了。三四寸高。麦田一片新绿，这绿的颜色（幼绿），也如小兽一样可爱悦人，露珠凝在叶子上，闪光时似水晶体。色也有生命。

一个老年农妇来到田里，看麦情。她说今年的麦子收得不好，但玉米大丰收，比往年都好。

喜鹊散布在麦田里，零零落落，不时从某个地方发出它们的叫声。

近九点天阴加重。太阳完全隐没。雨意很浓，远方已被岚气笼罩。雾气弥漫至地面，气温也降了。有冷意。

只闻其声，难见其影的云雀。』

霜　降

日期：农历九月初四；公历 10 月 23 日。

时辰：子时 23 时 3 分。

天况：晴。

气温：20℃—7℃。

风力：二三级。

『气温：20℃－7℃，晴，二三级风。

昼夜温差很大，室内已有阴冷感，特别是晚上。连续的晴天。

树叶主体色依然是绿色。杨、槐、柳等尤为明显。椿的叶子，掉的多，枫夹杂些许红叶。

天空湛蓝，一尘不染（无一丝云）。从中央到边缘，蓝色淡化。这与历史恰好相反——当代史混浊，古代史清晰。

上午已是人们寻求阳光的时候，人们站在向阳处，仿佛冬天已来临一样。

秋虫已完全绝迹，没有了它的鸣声。在果园内走，我惊飞了两只喜鹊。它们惊叫着。

麦田一片新绿，麦苗已高过田埂，似水溢上来。休耕地上的野草有一种遥看草色的绿色，浅浅的一层覆盖在土地上。

远山清晰，蓝紫色。空旷的田野，村庄隔着道路两旁的树木相望。杨树大半部叶子已近落光，鸟巢在渐渐显露出来。

飞行无常的褐色云雀、灰喜鹊。

一切都很醒目，大地上的绿色压住了晚秋的枯黄杂草、庄稼，仿佛像早春。

红旗，烟囱吐出的烟，一块玻璃的反光。建筑。

（老头说，霜降应降冰渣。）』

立 冬

日期：农历九月十九；公历 11 月 7 日。

时辰：子时 23 时 11 分。

天况：晴。

气温：15℃— 4℃。

风力：一二级。

小　雪

日期：农历十月初四；公历 11 月 22 日。

时辰：戌时 20 时 25 分。

天况：阴，有小雪。

气温：3℃——－6℃。

风力：二三级。

大　雪

日期：农历十月十九；公历 12 月 7 日。

时辰：申时 16 时 02 分。

天况：晴。

气温：－1℃——9℃。

风力：四五级间六级。

冬　至

日期：农历十一月初四；公历 12 月 22 日。

时辰：巳时 9 时 38 分。

天况：晴。

气温：10℃—－1℃。

风力：一二级。

小　寒

日期：农历十一月十九；公历 1 月 6 日。

时辰：寅时 3 时 0 分。

天况：晴。

气温：4℃——- 9℃。

风力：四五级。

大　寒

日期：农历十二月初四；公历 1 月 20 日。

时辰：戌时 20 时 16 分。

天况：晴。

气温：2℃—－9℃。

风力：二三级。

第 三 辑

去 看 白 桦 林

去看白桦林

　　我常常这样告诫自己，并且把它作为我生活的一个准则：只要你天性能够感受，只要你尚有一颗未因年龄增长而泯灭的承受启示的心，你就应当经常到大自然中去走走。

　　我去看白桦林时，是在秋天。秋天旅行是一种幸福，木草丰盈，色彩斑斓，大地的颜色仿佛在为行者呈现。世界上有许多事物，往往是一种事物向另一种事物转化时的过渡。它们由于既不属于前者，又不属于后者，便获得了自身的独立价值；它们由于既包含了前者，又包含了后者，从而更加饱满和丰富。黎明和黄昏比白昼与黑夜妩媚，春天和秋天比夏天与冬天灿烂。当我试图描述所见的一角山隅或一片滩地，我感到了人类语言的虚弱和简单。俄国诗人蒲宁说："诗人不善于描写秋天，因为他们不常描绘色彩和天空。"可供诗人选择的文字仍然有限，许多词汇还有待我们创造出来。

我平生没有实地见过白桦林。但我从内心深处感到，在白桦与我之间存在着某种先天的亲缘关系，无论在影视或图片上看到它们，我都会激动不已。我相信，白桦树淳朴正直的形象，是我灵魂与生命的象征。秋天到白桦林中漫步，是我向往已久的心愿。我可以想象，纷纷的落叶像一只只鸟，飞翔在我的身旁，不时落在我的头顶和肩上。我体验这时的白桦林，本身便是一群栖落在大地上的鸟，在一年一度的换羽季节，抖下自己金色的羽毛。

我是走了几个地方后，在围场北部的"坝上"找到它们的。这里的节气远远早于北京地区，使我感到遗憾的是，白桦林的叶子已经脱尽。尽管我面对的是萧瑟凄凉的景象，我也没有必要为白桦林悲伤。在白桦林的生命历程中，为了利于成长，它们总会果断舍弃那些侧枝和旧叶。我想我的一生也需要这样，如果我把渐渐获得的一切都紧紧抓住不放，我怎么能够再走向更远的地方？

在落满叶子的林间走动，脚下响着一种动听的声音，像马车轧碎空旷街道上的积水。当我伸手触摸白桦树光洁的躯干，如同初次触摸黄河那样，我明显地感觉到了温暖。我深信它们与我没有本质的区别，它们的体内同样有血液在流动。我一直崇尚白桦树挺拔的形象，看着眼前的白桦林，我领悟了一个道理：正与直是它们赖以生存的首要条件，哪棵树在生长中偏离了这个方向，即意味着失去阳光和死亡。正是由于每棵树都正直向上生长，它们各自占据的空间才不多，它们才能聚成森林，和睦安平地在一起生活。我想，林木世界这一永恒公正的生存法则，在人类社会中也同样适用。

一九八八年四月

美丽的嘉荫

　　踏上嘉荫的土地，我便被它的天空和云震动了。这里仿佛是一个尚未启用的世界，我所置身的空间纯粹、明澈、悠远，事物以初始的原色朗朗呈现。深邃的天穹笼罩在我的头顶，低垂的蓝色边缘一直弯向大地外面，我可以看到团团白云，像悠悠的牧群漫上坡地，在天地的尽头涌现。尽管北面的地平线与南面的地平线在视觉上是等距的，一种固有的意识仍然使我觉得，南方非常遥远，而北方就在我脚下这片地域。我的"北方"的观念无法越过江去，再向远处延伸，我感到我已经来到了陆地的某个端点。看着周围那些千姿百态的云团，每观察一个，都会使我想起某种动物，我甚至能够分辨出它们各自的四肢和面目。它们的神态虽然狰狞，但都温驯地匍匐在地平线上方，我注视了很久，从未见它们跑到天空的中央。它们就像一群从林中跑出饮水的野兽，静静地围着一口清澈的池塘。

蓝色的黑龙江，在北方的八月缓缓流淌。看到一条河流，仿佛看到一群迁徙的候鸟，总使我想到许多东西。想到它的起源，想到它路过的地方、遇见的事情；想到它将要路过的地方、将要遇见的事情；想到它或悲或喜的结局。想到法国诗人勒内·夏尔"具有一颗决不被这疯狂的监狱世界摧毁的心的河流／使我们对天边的群峰保持狂热和友善的河流"（《索尔格》）的颂歌诗句。河流给我们带来了遥远之地森林和土地温馨的气息，带来了异域的城镇与村庄美丽的映象。我常常想，无论什么时候来到河流旁，即使此刻深怀苦楚，我也应当微笑，让它把一个陌生人的善意与祝福带到远方，使下游的人们同我一样，对上游充满美好的憧憬和遐想。

嘉荫仿佛是一个蹲在黑龙江边上的猎人，它的背后，是莽莽苍苍的小兴安岭。我不了解嘉荫的历史，不知道它诞生的时日和背景，我所看到的是一座美丽清静的河边小镇。走近它，我感到很温暖。这温暖的感觉，不仅来自它橘黄的色调，双层门窗的屋舍及每个院落的桦木段垛，更来自它温和的居民。走在嘉荫的街上，即使你的感官天性迟钝，你也会被这里淳朴的民风所打动。从人们的神态和表情我能够看出，只要你开口，他们会乐于回答你任何问题；只要你请求，他们会给予你任何的帮助。以后我还会走很多地方，但这样令人感动的地方，我将终生难忘。

在嘉荫江岸的堤下，汛期过后，便裸露出一片狭长平坦的沙滩，积满沙砾和细屑的卵石。边民在这里网鱼、洗澡、冲涮家什，妇女们将洗净的衣物晾在光洁的石子上，拖运原木的江轮停泊在一旁。在江水遥遥的对岸，散落着一簇醒目的白房子，阔大方正，它们沿江而列，仿佛在同此岸的嘉荫小镇相互呼应。那里偶尔会传过几声狗吠或若断若续的歌声。一种浓郁的家园氛围，一种和平的生活气息，弥漫在河水两岸的寥廓空间。

嘉荫，这是一个民族称作北方而另一个民族称作南方的地方。站在黑龙江岸，我总觉得就好像站在了天边。对我来讲，东方、西方和南方意味着道路，可以行走；而北方则意味着墙，意味着不存在。在我的空间意识里，无论我怎样努力也无法形成完整的四方概念。望着越江而过的一只鸟或一块云，我很自卑。我想得很远，我相信像人类的许多梦想在漫长的历史上逐渐实现那样，总有一天人类会共同拥有一个北方和南方，共同拥有一个东方和西方。那时人们走在大陆上，如同走在自己的院子里一样。

一九八八年八月十三日初记

一九九〇年十月四日改定

天边小镇

即使在新疆，且末也是最遥远的地方。

从首府乌鲁木齐到且末，就是走尉犁、若羌这条近路，也要三天时间，并有车陷沙淖的危险。环绕塔里木盆地外围的大公路，从尉犁到民丰的东半部路段，依然很原始、简陋，沿途时时遭到沙漠侵袭。所以去南疆一带的车辆，大多宁绕行阿克苏、喀什、和田一线。如此，到达且末至少需要六天。

且末，南邻昆仑雪山，北临塔克拉玛干沙漠。这天堂地狱相列般的地理位置，使它万劫不复地处于一种永久的恩泽与威慑之间。

新疆南端是我所知道的天下最奇异、最动人的地域。昆仑山，四方众生的伟大父亲。它的北麓，雪水顺势奔涌，

汇成道道河流，直至神秘地在大漠内失去踪迹。在雪水流经的地方，由西向东，始于喀什终于若羌，形成一线雪山与沙漠间的大大小小绿洲。它们是西域严酷大地不灭的魂灵，是站在死亡之海岸上微笑的生命。远古时期，漂泊的人类在此安顿下来，以天赋的无穷毅力承受辛劳与艰难，终年不竭的雪水把他们养育至今。

且末为众多绿洲中的一个，在漫漫岁月里，孤立无助地演进自身的历史行程。这里是世界安静的一角，容纳着深爱劳动与和平的人们。它显现的祥和的面貌，我可以肯定，会使所有到来的人惭愧地放弃仇恨。

西域位在欧亚大陆心脏，远离海洋。西域的一切，都令人联想到火和太阳。夏天的且末，辉煌光明。它的绿色，照耀着四周燃烧的沙漠。高大的白杨，遍布镇上。它们挺拔的躯体，使小镇对命运满怀信心，它们是小镇在沙漠与太阳中生存的守护神。

且末也许是神作为标准安放在人间的一座小镇，它的存在，让我们这个喧嚣的商业世界感到卑微，走在树荫满地的街上，我觉得小镇有种使一切复原的力量。我没有遇到汽车，没有见到高耸的烟囱，甚至没有听到一声蝉叫（这里夜晚也没有蚊虫）。小镇的生活，在依照它自己的意愿和信念，平静地运行。

小镇很小，只有两条主要街道，在镇中相交，它们是小镇的骨骼。站在十字街心，向四个方向望去，便可看到镇外在阳光的火焰中幻动的沙漠风景。我注意到，小镇人在街上相遇，大都要伸出双手握在一起，亲切地交谈几句，而后各自去做自己的事情。这一小镇每时每地都会发生的现象，让我大为感动。我把这寻常的一瞬，看作是小镇的灵魂。

在小镇看久了，就感觉小镇本身的确也有生命，它有一个天造地设的适应沙漠环境的肌体。小镇上的阳光，像金属一样。但走进阔大的树影，看外面锐利的阳光也是可爱的。在小镇，大街小巷两旁都有雪水流动。长途跋涉的灰色雪水，给被火焰围困的小镇，带来了雪山的声音。街巷里的泥土，似乎永不凝固，一阵风刮来或光脚的娃子跑过，都会腾起一股烟尘。为此，小镇人不时走下门前的木桥，提起雪水洒在街上。他们的勤恳，保持着整座小镇的湿润。

小镇人感激雪山，雪山离他们还很远。小镇人懂得沙漠，但他们从不深入沙漠。小镇同雪山沙漠的关系，是世界上最微妙最难言的一种关系。

我想：只要有水、一块土地及勤劳，不管在什么地方，不管在地球的哪个角落，人类也会把它改造成庄稼连片的家园。年年岁岁，当他们看到自己的技艺和辛劳化作了收获，看到自己的后代生龙活虎的长大成人，看着日子向合乎自己心愿的方向发展，这个时候，便是人类所处的最幸福的时光。

离开小镇时，车上一个到库尔勒上学的学生告诉我，且末原址并不在此地，而在北面的沙漠中。本世纪上半叶，有着悠久往昔的且末被沙漠逼迫南移。新址距旧址五十余公里。

现在，面对塔克拉玛干魔鬼的进逼，为了护卫新的家园，小镇人终于表现出了潜在的胆量和勇气。他们在沙漠前面设下屏障，第一道布草网，第二道植柽柳、沙枣及胡杨。他们用人类的气魄和智慧，止住了尾随而来的饕餮般沙漠，为自己在自然那里争得了安宁与生存的权利。当我在车上看到那赫赫的防沙网时，我很想复述这两行英雄性的诗句：

　　　　土地说：我要接近天空

　　　　于是，山脉耸起

　　　　人说：我要生活

　　　　于是，洪水退去……

　　　　　　　　　（《让我们一起奔腾吧》，江河）

　　　　　　　一九九〇年八月二十二日笔记

　　　　　　　一九九一年五月改写

放蜂人

　　放蜂人是大地上寻找花朵的人，季节是他的向导。

　　一年一度，大地复兴的时候，放蜂人开始从他的营地起程，带着楸木蜂箱和帐篷。一路上，他对此行满怀信心。他已勘察了他的放蜂线路，了解了那里的蜜源、水源、地形和气候状况。他对那里蜜源植物的种类、数量、花期及泌蜜规律，已了如指掌。他将避开大路，在一座林边或丘旁摆下蜂箱，巢门向南。他的帐篷落在蜂场北面。

　　第一束阳光，满载谷粒的色泽和婴儿的清新，照到蜂场上。大地生气勃勃，到处闪亮。蜂群已经出巢，它们上下飞舞，等待着侦察者带回蜜源的消息。放蜂人站在帐前，注视着它们。他刚刚巡视了蜂场，他为蜂群早晨的活力，感到兴奋。他看蜜蜂，如同看自己的儿女，他对它们，比对自己的身世还要熟悉。假若你偶然路过这个世界一隅，只要你表情虔诚，上前开口询问，他会热心给你讲蜜蜂的各种事情。

放蜂人在自然的核心，他与自然一体的宁静神情，表明他便是自然的一部分。每天，他与光明一起开始工作，与大地一同沐浴阳光或风雨。他懂得自然的神秘语言，他用心同他周围的芸芸生命交谈。他仿佛一位来自历史的使者，把人类应有的友善面目，带进自然。他与自然的关系，是人类与自然最古老的一种关系。只是如他恐惧的那样，这种关系，在今天的人类手里，正渐渐逝去。

放蜂人或许不识文字，但他像学者熟悉思想和书册那样，熟悉自然，熟悉它的植物和大地。他能看山大地的脉络，能品土壤的性质；他识别各种鸟鸣和兽迹，了解每样植物的花事与吐蜜的秘密。他知道枣树生长在冲积土上，荞麦生长在沙壤上，比生长在其他土壤上流蜜量大；山区的椴树蜜多，平原的椴树蜜少；北方的柳树流蜜，南方的柳树不流蜜。他带着他的蜂群，奔走于莽莽大地。南方的紫云英花期一终，他又匆匆赶到北方，那里，荆棵的蓝色花序正在开放。他常常适时溯纬度而上，以利用纬度之差，不失时机地采集生长在不同地区的同一种植物的花蜜。

"蜜蜂能改变人性。"这是放蜂人讲的一句富于文化色彩的话。如果你在蜂场呆上一天，如果你像放蜂人那样了解蜜蜂，你会相信他的这个说法。

我把放蜂人讲的关于蜜蜂（主要指工蜂）的一生，记在这里：一日龄，护脾保温；三日龄后，始做清理巢房，泌蜡造脾，调制花粉，分泌王浆，饲喂幼虫、蜂王和雄蜂等内勤工作；十五日龄后，飞出巢外，担负采集花蜜、花粉、蜂胶及水等外勤重任；三十日龄后，渐为老蜂，改做侦察蜜源或防御敌害的事情。当生命耗尽，死亡来临，它们便悄然辞别蜂场，不明去向。

这便是蜜蜂短暂的一生，辛劳不息，生命与劳作具有同一涵义。放蜂人告诉我，在花丛流蜜季节，忘我的采集，常使蜜蜂三个月的寿命，降至一个月左右。它们每次出场，要采成百上千朵花的蜜，才能装满它们那小小的蜜囊。若是归途迷路，即使最终饿死，它们自己也不取用。它们是我们可钦可敬的邻居，与我们共同生存在这个世界上。它们体现的勤劳和忘我，是支撑我们的世界幸福与和睦的骨骼。它们就在我们身边，似一种光辉，时时照耀、感动和影响着我们，也使我们经常想到自己的普通劳动者和舍生忘死的英雄。

放蜂人是世界上幸福的人，他每天与造物中最可爱的生灵在一起，一生居住在花丛附近。放蜂人也是世界上孤单的人，他带着他的蜂群，远离人寰，把自然瑰美的精华，源源输送给人间。他滞于现代进程之外，以往昔的陌生面貌，出现在世界面前。他孤单的存在，同时是一种警示，告诫人类：在背离自然，追求繁荣的路上，要想想自己的来历和出世的故乡。

一九九一年十一月至十二月

鸟的建筑

鸟巢是鸟的建筑。和我们盖房子不同，鸟筑巢不是为定居。鸟只在繁殖期筑巢。

营巢是鸟的本能和天性，但不是所有的鸟都自行营巢。比如啼叫美妙，声音与农业关联的杜鹃，即是一个尽人皆知的典型。它们的"鹊巢鸠占"的强盗行径，即使在客观化的鸟类学家笔下，也常常受到道义上的指斥。杜鹃有一种其他鸟类都不具备的特异本领，它能使自己的蛋在颜色、形状和大小上，与宿主的蛋完全相同，并可随各地宿主的变化而改变。其以假乱真的程度，让敏感的宿主毫不觉察。当它把蛋产进或衔入宿主（往往是苇莺）的巢后，随之发生的必然是，先行孵出的杜鹃雏鸟要将宿主的蛋或雏鸟全部挤出巢外，以独享义亲哺养。这便是我们情感上难于宽恕杜鹃的地方。

我所知道的不自营巢鸟，还有北方凶悍的红脚隼，在这方面，它以欺负乌鸦闻名。在民间被称作"老鸹翠"的三宝鸟，亦时常露出觊觎鹊巢的流氓习性。而且只要它去侵占，总能在厚道的喜鹊那里得逞。

不营巢鸟，这里还可举出一位。可取的是，它从不贪慕别鸟之巢。它把蛋无所顾忌地直接产在地面、岩上或丛薮间，不作任何铺垫。对它我们至多说，这是鸟类中彻头彻尾的懒汉。它昼伏夜出，羽似枯木。它有一个十分典雅的学名：夜鹰。不过，并非备受西方诗人赞颂的那种。

鸟类学家依据鸟巢的位置和性质，把鸟巢分为地面巢、水面巢、洞穴巢、建筑物巢和编织巢等几种类型。

地面巢大多简单、随便，往往仅在地面凹处略敷草物即告完工。这种巢，主要由雉、雁、鸭、鹤等笨拙的大型鸟类所为。出乎我们意料的是，像云雀、百灵、歌鸲、画眉这些名字美丽、叫声动听的玲珑小鸟，也在地面营巢。当然，它们的巢编织得都很精致。这是些疏于林木，常年出没在旷野，为土地处处留下歌声的可爱精灵。在水面营巢的鸟屈指可数，能够列举的只有游禽中永不上岸的䴙䴘和涉禽中善游的骨顶鸡与董鸡。它们借助水生植物搭造的可随水面升降的盘状浮巢，风险最小。洞穴巢包括崖壁洞穴和树干洞穴两种，前者的主人主要有翠鸟和沙燕；后者居多，如椋鸟、山雀、斑鸠、八哥、鹩鹩及肮脏的戴胜等，都是天然树洞或啄木鸟弃巢的受益者。如果顺着这个行列数下去，我们还会惊讶地发现鸳鸯。应该指明的是，营树洞巢的鸟，只有攀禽中的啄木鸟和鸲，真正具备开凿本领。啄木鸟还有一种英雄秉性，即它从不使用自己往年的旧洞。利用我们的屋宇营巢的鸟（不提麻雀），主要为燕科成员，原因在于它们的泥巢无法在露天筑造。最后说到的编织巢，就是指我们观念上认定的，代表"鸟巢"这一词语本义的，由鸟类中广大的鸣禽在树上（个别在草丛或灌木基部）精心营建的巢。这是那群勤奋的鸟类艺术家呕心沥血的作品，也是我们这篇短文想要谈论的核心。

除涉禽中的鹭，游禽中的鸬鹚和猛禽中部分鹰隼（这是些在树上筑粗陋大巢的鸟）外，编织巢几乎全部为雀形目鸟类所造。它们长于鸣啭，巧于营巢，故根据分类上的说法，我们前面又称它们为鸣禽。雀形目是新鸟亚纲中种数最多的一目，其庞大数量占现代鸟类总体一半以上。

编织巢的形态，可说多姿多彩。我们易丁见到的杯状巢、碗状巢、盘状巢及瓶状巢，是其中主要的几种。营哪种巢型，与鸟的科属有关。但我愿意相信，它更取决于鸟类个体的偏爱与审美因素。因此，这里无规律可循。

杯状巢是多数营巢鸟喜爱的一种巢型，像我们熟悉的伯劳、卷尾、柳莺、寿带等夏候鸟，都营此型巢。太平鸟、灰山椒鸟、乌鸫及北红尾鸲等，营碗状巢。树鹨和灰喜鹊的巢很浅，呈盘状。攀雀和棕扇尾莺的巢收口，巢体似瓶。文鸟、黄眉柳莺和"告春鸟"短翅树莺，能够营造顶部具盖，侧面开门的球状巢。更为精巧和高超的，是黄鹂和绣眼鸟的吊篮式悬巢。南方有一种富于传奇色彩的小鸟，会将芭蕉或其他大型树叶卷合，然后在叶缘穿孔，贯以丝线，缝成袋状巢。这种天才的小鸟，鸟类学家就叫它"缝叶莺"。

真正和我们的生活密不可分，在我们的视域内最为显著的鸟巢，实际是喜鹊粗糙的球状巢。这种"仰鸣则晴，俯鸣则雨，人闻其声则喜"（《禽经》）的民间吉祥鸟，同淳朴的麻雀一道，终年祥和地围绕着我们。特别是在空旷的冬天，它们的巢很像一座座村庄，醒目地坐落在原野高大的树上（每巢都有一定巢距的巢区。个别也有一树双巢现象。在北京的沙河附近，我曾见过一树四巢）。每次看到这些高耸的星罗棋布的"家"，我都很动情，我觉得这是一种世间温暖与平安的象征，是这个季节比雪与太阳升落更优美的景色。

在神造的东西日渐减少、人造的东西日渐增添的今天，在蔑视一切的经济的巨大步伐下，鸟巢与土地、植被、大气、水，有着同一莫测的命运。在过去短暂的一二十年间，每个关注自然和熟知乡村的人，都已亲身感受或目睹了它们前所未有的沧海桑田性的变迁。

一九九三年五月

我的邻居胡蜂（一）

胡蜂即我们通常所称的马蜂，也称黄蜂。

它们是在我搬入新居三个月后出现的。六月上旬的一天，我在书房意外地发现了它们。它们的巢筑在我的书房窗外右扇窗框上端的一角，隔着玻璃，我能清楚地看到它们的建设工作。它们的工程刚刚开始，巢还很小，尚未成形，安静的工地上仅有三两个建设者。

它们没有去别的地方，没有选择四层或六层，而把巢筑在了我的窗下。我对它们的信赖，深为感动。我愿意相信这是一种纯粹的不具任何含义的偶然，但又隐隐觉得这里似乎存在着某种可以引申的其他因素。在《大地上的事情》系列随笔中，我曾指责过那种无端焚烧胡蜂蜂房的强盗行径。

我的新来的邻居，受到了诚挚欢迎。它们是我远方的客人。为了避免以后打扰它们，我做了一点微不足道的牺牲。我把这扇窗户彻底封上，在已经来临的夏季里，我的书房将只开另一扇窗。尽管这会有诸多不便，但我依然感激它们。我的给予，远远不及它们为我带来的东西。

胡蜂是昆虫世界不多的具备防卫武器的个体。它们的大名鼎鼎的武器，为卑微的昆虫赢得了外界应有的敬畏与肯定，但也因此给它们自身招致了许多莫名的厄运。很早的时候，我曾试图写一篇关于昆虫的童话，这样开始："在昆虫的美丽国度里，大家各尽职守，一切井然有序。雄蜂是街头巡视的警察，胡蜂是边境护卫的士兵，它们装备精良，但从不主动……"的确，在它们与我们的敌对历史上，可以断定，不会有任何一次冲突真正起因于它们。

我的邻居的工程，正有条不紊地进行。坐在书房里，每天我都感受到它们带来的新鲜的原野气息。它们的巢在渐渐扩大，工地上的建设者不断增加。它们将生命中的两件大事非凡地结合起来，建设与繁殖和谐地同步推进。它们每建成一个巢间，即注进一卵。幼蜂破巢而出后，立刻便会投入工作，为新的生命继续诞生加紧建设。这一感人的过程，构成了它们完美的一生。

即使像胡蜂这样拥有锐利自卫武器的强悍生命，亦仍需倚靠它们庞大的数量，才能在布满死亡陷阱的世上不灭地延续下去。我的邻居的建设与繁殖，一直持续到九月，方悄然终止。此时，它们的巢，已碗口大小；它们的数量，浩浩荡荡。

进入十月，气温便完全主宰了它们。它们密集地覆盖在巢上，抵御着寒冷的步步进逼。它们已不再觅食，甚至很少蠕动。它们对未来似乎早有预感，安然等待那神秘时刻的降临。十月下旬的一个早晨，我终于发现，它们已全部无影无踪。我不知它们何时离去的，不知它们去了哪里。它们仿佛是一群候鸟，无声地告别了自己的生息之地。

一年过去了，它们一去不返，没有再次出现。它们怎样过冬，怎样进行生命的新陈更替，是它们自己的秘密。它们遗下的巢，依然悬挂在那里，成为我的书房不可缺少的一部分。它让我想象一段稍纵即逝的历史，一个家族盛衰或王朝兴亡的故事。它孕育的生命，我知道已散布四方，正继续做着它们未竟的大事。

一九九三年八月

我的邻居胡蜂（二）

在一篇同题散文里，我已经写过它们。现在，我所以重复写下这个题目，是由于它们今年再一次，以一种奇迹，与我比邻而居。

还是在我的书房窗外，上次的空巢，依然悬挂在一角，这次它们将巢筑在了外面窗顶的中央。这一次，我更清晰地目睹了它们的整个建设过程，及它们辉煌灿烂的一生。

与上次一样，它们的创业，起始于六月。它们具有一种足以令它们在我面前备感骄傲和自豪的建设速度。到了六月的下旬，它们建设中的新巢，已同那只空巢一般大小。

它们真正的建设奇迹，出现在七月中旬至八月初这段时间里。这期间，它们源源不断扩充的建设大军，使它们的巢以每天一厘米的速度向外围推进。七月十九日，隔着玻璃，我首次用尺量了巢，此时巢的直径为十三厘米。到了八月三日，巢的直径已达二十八厘米。八月三日后，它们的建设便骤然终止，这个尺寸，保持至今。尽管我拥有十八岁前宝贵的乡村见闻和经验，但如此巨大的蜂巢，我还是第一次看到。

在它们半个月的建设高潮期，我多次计数了，巢上每分钟至少有八九只蜂返回或飞离。它们采集巢材、猎食、取水，各司其职，往来不息。它们天一亮即开始工作，直到天黑才会停止。最后回来的蜂，往往已不能准确找到巢的位置。即使一般的阴雨天，也不能把它们的热烈工作中断。

出猎归来的蜂，行程非常沉重。它们抱着比它们的头部大得多的猎物（一般是由青虫构成的球），艰难地盘旋上升。到了五楼的巢上，它们将猎物分给在家的留守者，由这些蜂逐穴饲喂幼蜂。而它们稍事休整，两只前足捋捋触角，便再次离巢远行。

我长时间地盯过一只取水的蜂。它的上升，是直线的；口衔的水珠，晶莹耀眼。它上升，降下，一刻不停地往返于巢与楼下雨后的水洼之间。过度的辛劳，使它负重上来时，有时不得不先落在巢下的窗上，然后再爬行完成它的工作。这个感人的情景，使我猛然想到一件我早应为它们做的事情。我拿来一个盘子，盛上水，放在外面的窗台上。但直到傍晚，没有一只取水的蜂，走这个捷径。

一天上午，我正在书房读一本小书，是里尔克的《给一个青年诗人的十封信》。忽然，窗外传来一阵翅膀的声响，一只灰鸽前所未有地落在了我的窗台上。它收翅站定，仰头看了看窗顶，当它发觉我正在注视它时，便马上飞走了。此时，我才注意蜂巢，我看到全巢的蜂，双翅展开，触角直挺，一动不动；群起而战的自卫，瞬息就要发生。尽管鸽子已经离开了，但它们这种令人震慑的临战姿态，依然保持了数分钟。

自八月二十三日起，接连几天，巢上都有尚未羽化的乳白色幼蜂掉下。这些脱离襁褓的生命，不久即通体变为一种黑色焦状的东西。起初，我有些不解。当我发现它们出巢的频率显著减少，我才恍然明白：它们对节气的神秘感应，已指引它们全面停止饲喂幼蜂。而这一天，八月二十三日，恰是"处暑"。

它们不再饲喂幼蜂，也早已终止筑巢，它们自己食用很少。因此，每天除偶有个别蜂出行，它们只在巢上嬉戏打闹。它们不时纠结一团，随后像一滴水那样，重重地砸在窗台上。坐在书房里，我时常会听到它们摔下的声响。它们松开起飞的样子，很像一群满身泥土的乡下儿童。是的，它们的童年，在它们完成一生的使命后刚刚出现。

到了十月九日，这天，风和日暖。午后，我发现许多蜂意外地起飞了，我明白，这意味着它们告别的日子已到。在依依不舍地环巢飞舞后，第一批蜂开始离去。接着，十月十三日，十九日和二十二日，都有蜂离巢。它们挑选的，都是好天。而最后的几只蜂，在渐渐进逼的寒冷中固守着家园，一直坚持到了十月三十一日。

它们全部离去了，我不知它们去了哪里，不知它们与上次那群蜂是否有亲缘联系。我不想向昆虫学家请教，也不想查阅有关书籍，我愿意尊重它们对我保守的这些秘密。它们为我留下的巢，像一只籽粒脱尽的向日葵盘或一顶农民的褪色草帽，端庄地高悬在那里。在此，我想借用一位来访的诗人的话说：这是我的家徽，是神对我的奖励。

一九九四年十一月

海日苏

海日苏，蒙地东部的一个普通地名。我没有了解它的蒙语原义，三个汉字排列在一起，组成一个语义不明的名称。但在这个词上，我感到一种超越意义的东西，它让我想到世界上呈现的那些美丽的事物。以致我在草原旅行时，很想看看它所标志的那个地方。

我从乌丹上路，汽车迎着曙光，向东行驶。在农牧过渡地带，我看到一种村庄，与平原上的村庄有很大不同。它的背景高远辽阔，屋舍不多，但铺展阔大，体现着广地上的自由魂魄。房屋和院墙都是泥土夯成的，院落深长，屋舍低微地坐落在中央。人们要走很久，才会迈出自己的院门。我相信，再也看不到与大地结合得这么亲密的村庄了。它的土地颜色，它被广漠的沙化荒原衬托的形状，使我联想起种子萌芽拱起的地表。看着这样的景象，我彻底理解了居住在这里的人们，理解了他们为什么会有那样的礼貌、秉性和习惯。理解了这些，我也就接受了他们表现出的一些我原不能容忍的东西，也就真切地爱上了他们。

通向海日苏的路，在省区地图上是一道最细小的线，它要穿越万顷戈壁。道路只是两条微凹的辙印，两旁没有任何人迹。天下有许多极端的事物，使任何一种文字也无法完美地表达它们。同时，当我看到能最丰富地体现命名它们的词语涵义的事物时，我会久久激动不已。平日，我熟知蛮荒、旷野、莽地、大漠这些非同寻常的词，现在我认识了它们背后的、它们所表示的实体本身。这是我第一次亲历，也是平生最大的惊异。我知道，从此我的精神和生命中已注入一种新的东西，它与支撑人类生存的几个主要因素相关。

戈壁不是死寂的，它的深处有树木和鸟。我见到过集群的乌鸦、喜鹊及盘旋的鹞鹰。有了这些大鸟，就会有更多它们赖以维生的另一环上的生命。树木是大地的愿望和最初的居民。哪里有树木，说明大地在那里尚未丧失信心。为了这伟大的信心，沙柳、胡杨、榆，奋勇响应。英雄们在劣境和绝地孤立地弯着躯干，以最宜的形态在此不败地生存。所有看到的人，都将大受感动。它们很少两个站在一起，似乎向人们启示：只有永不企求帮助者，才能在这里立身。

这里，一切都与无限有着联系。大地恢宏地转动，我对自己默声说：我是旅人，"我戴着漂泊的屋顶"（海子）。如果我把认识仅仅停留在感知上，那么我已穿过了无数直观的世界。很久之后，牧群神秘地出现了，连同人间的亲切气息。正午的阳光，倾照在牧场上。没有牧人，草原就是牧栏。在牧区行驶，常常有一匹马驹或牛犊，突然撒蹄与汽车并行狂奔，而后猛地拐进草场，惊恐不定地返回母亲身边。我注意到了，神已把这一瞬放进了永恒。

转过一个弯，便可能遇上一所房子，用栅栏围住，门外站着等候已久的亲人。此时车停下，下去或上来一两个提着物品的牧人。这是生活在大自然心脏的兄弟，有着阳光与风的肤色，脸上浮现对市镇与人际陌生的表情。他们离人类的根最近，他们的生活本身就是一个伟迹。人类的活力，人类生存极限的拓展，真正体现在他们身上。我对他们满怀敬意，他们应该得到全世界诗人的赞颂。

海日苏，已变成牧人定居的村庄，有着其他村庄共有的特点。它是草原海洋中的一座岛屿，远处涌起牧群和云的波涛，花朵在四周舞蹈。三个季节牧人在外放牧，冬天他们回到岛上歇息。世世代代他们历尽沧桑，留下牧谣、牛羊和子孙。他们的血液、经验和传说，已由父辈传入孩子们的灵魂。它使这座秋日平静、渐渐汉化的蒙民村庄，依然焕发着雄风凛凛的马背精神。

一九八六年九月笔记
一九九一年三月改写

我与梭罗

梭罗的名字，是与他的《瓦尔登湖》联系在一起的。我第一次听说这本书，是在一九八六年冬天。当时诗人海子告诉我，他一九八六年读的最好的书是《瓦尔登湖》。在此之前我对梭罗和《瓦尔登湖》还一无所知。书是海子从他执教的中国政法大学图书馆借的，上海译文出版社一九八二年的版本，译者为徐迟先生。我向他借来，读了两遍（我记载的阅读时间是一九八六年十二月二十五日至一九八七年二月十六日），并作了近万字的摘记，这能说明我当时对它的喜爱程度。

后来我一直注意在书店寻找这本书，我甚至想给上海译文出版社写一封信，附上我发表在一九八八年十二月四日《科技日报》上的关于梭罗和《瓦尔登湖》的文章《人必须忠于自己》，建议他们重印《瓦尔登湖》。

直到一九九五年末，我才偶然在西四新华书店内院供应机关团体图书的二层简易楼上意外地发现了它。我买下了仅剩的两本，这是上海译文出版社一九九三年的版本，为外国文学名著丛书中的一种，印数三千册。现在我手里已经有五种中文版本的《瓦尔登湖》了，它们出自国内的三家出版社（此外我还有一册友人赠予的纽约麦克米伦出版公司一九六二年的英文版本）。我在一封致友人的信中说："梭罗近两年在中国仿佛忽然复活了，《瓦尔登湖》一出再出，且在各地学人书店持续荣登畅销书籍排行榜，大约鲜有任何一位十九世纪的小说家或诗人的著作出现过这种情况，显现了梭罗的超时代意义和散文作为一种文体应有的力量。"

《瓦尔登湖》是我唯一从版本上多重收藏的书籍，以纪念这部瑰伟的富于思想的散文著作对我的写作和人生的"奠基"意义。我的"文学生涯"是从诗歌开始的。《瓦尔登湖》的出现，结束了我的一个自大学起持续了七八年的阅读兴趣和写作方向主要围绕诗歌进行的时期。我曾在自述《一个人的道路》中写道："最终导致我从诗歌转向散文的，是梭罗的《瓦尔登湖》。当我初读这本举世无双的书时，我幸福地感到，我对它的喜爱超过了任何诗歌。"导致这种写作文体转变的，看起来是偶然的——由于读到了一本书，实际蕴含了一种必然：我对梭罗的文字仿佛具有一种血缘性的亲和和呼应。换句话说，在我过去的全部阅读中，我还从未发现一个在文字方式上（当然不仅仅是文字方式）令我格外激动和完全认同的作家，今天他终于出现了。下面的对比也许更能说明这一变化的内在根据：

"我们常常忘掉，太阳照在我们耕作过的田地和照在草原与森林上一样，是不分轩轾的。它们都反射并吸收了它的光线，前者只是它每天眺望的图画中的一部分。在它看来，大地都给耕作得像花园一样。因此我们接受它的光与热，同时也接受了它的信任与大度……"

秋天是结实的季节
生命的引导者
接纳一切满载之船的港湾

北方，鸟在聚合

自然做着它的大循环

所有结着籽粒的植物
都把充实的头垂向大地
它们的表情静穆、安详
和人类做成大事情时一样

太阳在收起它的光芒
它像即将上路的远行者
开始打点行装
它所携带的最宝贵的财富
是它三个季节里的阅历

　　前者是《瓦尔登湖》中"种豆"一章的文字，后者
是我那时写的一首名为《结实》的诗。我的诗显然具有
平阔的"散文"倾向，梭罗的散文也并未丧失峻美的
"诗意"，而我更倾心梭罗这种自由、信意，像土地一
样朴素开放的文字方式。总之在我这里诗歌被征服了：
梭罗使我"皈依"了散文。后来我愈加相信，在写作上

与其说作家选择了文体，不如说文体选择了作家。一个作家选择哪种文学方式确立他与世界的关系，主要的还不取决于他的天赋和意愿，更多的是与血液、秉性、信念、精神等等因素相关（中外文学的经验大体可以证实这点）。

对于本质上作为一个物种的人类来讲，他已经历了一次脱离有机世界进入无机世界的巨大转折。当人类的制造异于自然并最终不能溶入自然的循环而积累在自己身边时，他就置身于无机世界之中了。我在一则《大地上的事情》里这样写过："有一天人类将回顾他在大地上生存失败的开端，他将发现是一七一二年，那一年瓦特的前驱，一个名叫托马斯·纽科门的英格兰人，尝试为这个世界发明了第一台原始蒸汽机。"仿佛与这一转折相应，在精神领域，人类的文字表述也呈现了一个从"有机"蜕变为"无机"，愈来愈趋向抽象、思辨、晦涩、空洞的过程。正如梭罗讲的："那个时期所有杰出的作家都比较现代的作家更加朝气蓬勃、质朴自然，当我们在一现代作家的著作中读到那个时期某一作家的一句语录时，我们仿佛蓦地发现一片更加葱绿的田地，发现土壤更大的深度和力量。这就好比一根绿色树枝横在书页上，我们像在仲冬或早春看到青草一般心神舒畅。"的确，在现代作家（广义）的著作中，我们能够读到诸如"城邦丧失了青年，有如一年中缺少了春天"，"美德如江河流逝，但那道德高尚的人本色不变"这样富于生命气息，仿佛草木生长、河水奔流时写成的词句吗？在视明朗为浅薄、朴素为低能的现代文风中，具有"能以适当的比例将自己的意义分别给予仓促草率的读者和深思熟虑的读者。对于务实的人，它们是常识；对于聪明的人，它们是智慧。正如一条水量充沛的河流，一位旅行家用它的水湿润嘴唇，一支军队用它的水装满自己所有的水桶"（梭罗语）特征的伟大著述消失了，文学和学术已经自我深奥与封闭起来。

梭罗的文字是"有机"的，这是我喜爱他的著作的原因之一。我说的文字的"有机"，主要是指在这样的著述中，文字本身仿佛是活的，富于质感和血温，思想不是直陈而是借助与之对应的自然事物进行表述（以利于更多的人理解和接受），体现了精神世界人与万物原初的和谐统一。这是古典著作（无论文学还是哲学）的不朽特征，梭罗继承了这一源远流长的伟大传统："正如平原的不平坦被距离所掩盖，突兀的一个个时代和断层在历史中被抚平。""月亮再也不反照白昼，而是按她的绝对规律升起；农民和猎人把她公认为他们的女主人。""一本书里的简朴几乎同一所住宅内的简朴一样是个了不起的优点，如果读者愿意居住其中。"……梭罗的这种比比皆是的语句，使他的行文新鲜、生动、瑰美、智巧，整部著作魅力无穷。

我称梭罗是一个复合型作家：非概念化、体系化的思想家（他是自视为哲学家的）；优美的、睿智的散文作家；富于同情心、广学的博物学家（梭罗的生物知识特别是植物知识是惊人的，他采集并收藏了数百枚植物标本）；乐观的、手巧的旅行家；自称的"劣等诗人"。梭罗一八一七年七月十二日生于马萨诸塞州一个名叫康科德的小镇。康科德的著名首先由于它与其近邻列克星敦同是美国独立战争的始发地，梭罗为此感到骄傲，因为自己生于"全世界最可敬的地点之一"。在后来定居康科德的超验主义团体成员中，梭罗是唯一土生土长的人。霍桑曾形容梭罗是个"带着大部分原始天性的年轻人……总带有点粗俗的乡村野气"。梭罗实际是受过系统教育的，从康科德中心学校、私立康科德学院，直到哈佛大学。

一八四七年，三十岁的梭罗在接受他的哈佛班级十周年纪念问卷调查时写道："我是个校长、家庭教师、测绘员、园丁、农夫、漆工、木匠、苦力、铅笔制造商（梭罗六岁时，其父接管了妻弟的铅笔制造生意。在铅笔制造上梭罗是可以申请专利的，是他从苏格兰百科全书中得到启发，用巴伐利亚黏土混合石墨，生产出更精细的石墨粉，改进了铅笔铅芯的质量，并设计出钻机，使铅芯可以直接插入铅笔，而无需切开木条，还制定了铅硬度的等级划分）、玻璃纸制造商、作家，有时还是个劣等诗人。"这已大体概括了他一生从事过的工作。梭罗的这种智识与体能尚未分离的本领，再次印证了古代希腊的泰勒斯曾向世界表示的："只要哲学家们愿意，就很容易发财致富，但是他们的雄心却是属于另外的一种。"

谈论梭罗，不能不提到曾给过他巨大影响和帮助，被誉为"使我们万众一心"的"康科德精神"的爱默生（爱默生曾为康科德写过赞歌）。一八三五年，三十二岁的爱默生花三千五百美元在康科德买下一幢房子，正式从波士顿迁到这个小镇，此时的梭罗尚是一名哈佛大学三年级的学生。一八三七年，已在康科德中心学校任教但因被校方责令鞭打六名学生一事而辞去教职的梭罗，加入了爱默生组织的"新英格兰超验主义俱乐部"，他们的伟大友谊从此开始了。一八四一年，梭罗关闭接管了两年的康科德学院，失去工作的梭罗应爱默生邀请住进他家，做了一名园丁。两年的与爱默生密切接触及他的大量藏书，使梭罗在此奠定了确立自己基本思想和信念的基础（梭罗与爱默生的特殊关系，使善于寻找任何角度刻薄说话的批评家曾讥他"不过是爱默生的影子罢了"，但梭罗依然是梭罗。后来他们相对疏远的原因之一，是梭罗对自己渐长的名气和声望给爱默生带来的影响有了顾虑）。

关于梭罗与爱默生的关系，我更愿意相信他们在心灵上、思想上存在一种先天的契合和呼应。爱默生在他的讲演录《美国学者》中阐述过这样一个基本思想，即在分裂的或者说是在社会的现状下，人已经丧失了自己的完整性，所谓"人"只是部分地存在于所有的个人之中，各人站在社会派给他的岗位上，每一个人都像是从身上锯下来的一段肢体——一个手指、一个颈项、一个胃，但不是一个完整的人：栽种植物的人很少感觉到他的职务的真正尊严，他只看见他量谷子的箩筐与大车，此外一无所视，于是就降为一个农民（而不是"人"在农场上）；商人从不认为他的生意也有一种理想的价值，灵魂只为金钱所奴役；律师成了一本法典；机师成了一架机器；水手成了一根绳子……爱默生的关于"人"的理想是，每个人若要完整地掌握自己，就必须时时从他自己的"岗位"回来，拥抱一切。梭罗则说："人类已经成为他们的工具的工具了，饥饿了就采果实吃的人已变成一个农夫，树荫下歇力的人已变成一个管家。最杰出的艺术作品都表现着人类怎样从这种情形中挣扎出来，解放自己。"从梭罗回答哈佛大学的问卷中所述，我们可以看出，梭罗的一生便是有意体现这一"人"的理想、"解放自己"的一生（爱默生在日记里曾诙谐地写道："梭罗的个性中缺少点雄心壮志……他不当美国工程师的领袖而去当采黑果队的队长。"梭罗这种"不争第一"的人生姿态与那个时代业已开始的以竞争为机制和本质的现代社会显然背道而驰，而我确信这一机制和本质正是"人类在大地上生存失败"的根本原因）。

梭罗在《瓦尔登湖》中曾这样说明自己："我在我内心发现，我有一种追求更高的生活，或者说探索精神生活的本能，但我另外还有一种追求原始的行列和野性生活的本能。"梭罗的这种源于生命的非实用主义或反物质文明倾向，以及他的审美地看待世界的目光、诗意的生活态度，早在哈佛大学的毕业论文中就有所表露："我们居住的这个充满新奇的世界与其说是与人便利，不如说是令人叹绝，它的动人之处远多于它的实用之处；人们应当欣赏它，赞美它，而不是去使用它。"梭罗上述自我表白和说法，可以有助于我们认识和理解他的"否定了一切正常的谋生之道，趋向于在文明人中过一种不为生计做任何有规则的努力的印第安人式生活"（霍桑语）的非凡一生（为梭罗这种人生提供保障的，是他自己宣称的"我最大的本领是需要很少"。我想如果梭罗与现代环境保护主义有关，也主要在于他这种自觉降低消费的生活态度）。自一八三九年二十二岁的梭罗与其胞兄约翰乘自造的"马斯克特奎德号"船在康科德与梅里马克河上航行一周起，旅行便几乎成了他生活的核心。而瓦尔登湖，由于梭罗在湖畔的居住及他的以之命名的不朽著作，则已是梭罗的象征。一八六二年五月六日，梭罗因肺结核在康科德不幸病逝，时年四十五岁。在梭罗的葬礼上，痛致悼词的爱默生满怀深情地说道："这个国家还不知道，或者仅有极个别人知道，她已失去了一个多么伟大的儿子。"

梭罗是难以谈尽的。自一八七三年梭罗的生前好友钱宁率先为其写传以来，关于梭罗的传记和著述已数不胜数。这两年由于《瓦尔登湖》在国内的频繁出版，谈论梭罗的文章（或颂扬或贬损）亦不时出现。对此，我在前面提到的那封信中曾表述了这样的看法："……人们谈论梭罗的时候，大多简单地把他归为只是个倡导（并自己试行了两年，且被讥为并不彻底）返归自然的作家，其实这并未准确或全面地把握梭罗。梭罗的本质主要的还不在其对'返归自然'的倡导，而在其对'人的完整性'的崇尚。梭罗到瓦尔登湖去，并非想去做永久'返归自然'的隐士，而仅是他崇尚'人的完整性'的表现之一。对'人的完整性'的崇尚，也非机械地不囿于某一岗位和职业，本质还在一个人对待外界的态度：是否为了一个'目的'或'目标'，而漠视和牺牲其他（这是我喜欢梭罗——而不是陶渊明——的最大原因）。"当我们了解了梭罗在他的"漫游与著述"生涯中，并没有无视美国当时的奴隶制，并与之进行了不懈的斗争（多次撰文；为此拒绝纳税而不惜坐牢；在家中收容逃亡的奴隶，帮助他们逃往加拿大；

组织营救被捕的废奴主义领袖约翰·布朗；以及同情并帮助印第安人）等事后，我们便会认同当年他接管过的康科德学院学生对他的评价：他是一个"富有爱心的人"。

一九九八年五月

土地道德

　　《沙乡的沉思》是美国伟大的生态学家、环境保护主义的先驱、"土地道德"首倡者、可敬的奥尔多·利奥波德（1887—1948）所著。

　　在美国，这是一本与梭罗《瓦尔登湖》并列的光辉著作。利奥波德生平，也有与梭罗相近的超凡之举。他在远离现代文明的威斯康星河畔，买下一座被榨取殆尽后遗弃的沙化农场，每逢周末或假期，他便带全家来这里，试图用双手，"重建我们在其他地方正在失去的那些东西"。他在此努力十三年，直至猝死在去扑救邻居草场大火的路上。在美国人眼里，利奥波德是她二十世纪的梭罗。

　　全书分三部分。第一部分写利奥波德在他的农场所看到和所做的事情：他的农场四周的四季景色，他为恢复生态的不懈工作。自始至终由这样温暖快乐的文字组成：

"松树，和人一样，对伙伴是很挑剔的，而且还不善于抑制其好恶。""如果黑头山雀有一个办公室，它的办公桌后面的座右铭将会是：'保持平静'。"这些文字，按十二个月份顺序，依次排列，构成"一个沙乡的年鉴"。第二部分，"随笔——这儿和那儿"，记述了利奥波德的科学生涯，他与大地的亲密关系，他的生态观念的转变背景，大地的无可奈何的恶化进程。第三部分，"结论"，是一组理论篇章，高瞻远瞩，超然于人类狭隘利益之上，这里，利奥波德提出了他的"土地道德"的宝贵观点。

利奥波德认为，道德的演变次序，实际上是一个符合生态演变次序的过程。因为一种道德，从哲学观点来看，是对社会的与反社会的行为的鉴别；从生态角度来看，则是对生存竞争中行动自由的限制。最初的道德观念是处理人与人之间的关系的，后来增进了处理个人和社会之间关系的内容，但是迄今它还未触及人与土地之间的关系这个不可无视的领域。迄今人与土地之间的关系依然是以经济为基础的，土地如奥德赛的女奴一样，只是一笔被任意役使和处置的财富。今天，道德向人类生存环境中的延伸，已成为一种进化中的可能性和生态上的必要性。

什么是土地道德？迄今所发展起来的各种道德都不会超越这样一种前提：个人是一个由各个相互影响的部分所组成的共同体的成员。土地道德只是扩大了这个共同体的界限，它包括土壤、水、植物和动物，或者把它们概括起来：土地。简言之，"土地道德是要把人类在共同体中以征服者的面目出现的角色，变成这个共同体的平等的一员和公民。它暗含着对每个成员的尊敬，也包括对这个共同体本身的尊敬"。

梭罗是十九世纪空气的诗人，他关怀人类的灵魂，他指明人类应如何生活。利奥波德是危机四伏的二十世纪孕育的科学家，他关注的是人类的命运，他指明人类如何才能长久生存下去。

马不停蹄的人们，尽可对他莫名其妙的论点置若罔闻。它其实是土地借助利奥波德之口，向忘形于主人幻象中的人类，发出的最后呼声。这呼声包含一个内容："征服者最终都将祸及自身。"对此，阅尽人间的土地，充满信心。

一九九三年六月

素食主义

　　《简明不列颠百科全书》给素食主义这样下定义："由于道德、禁欲或营养的原因而推崇以蔬菜、水果、谷物和坚果为主食的理论或习惯。"

　　基于宗教信仰的素食，在亚洲广大的印度教与佛教地区，自古有之。这里所说的素食主义，主要指出现于十九世纪英国，并随后扩展到其他国家和地区的一项素食运动。他们成立素食者协会，出版《素食者》专刊，开设素食馆，宣传和推广自己的观点。

　　素食主义者从各个方面探讨过人类的饮食问题。在道德方面，他们认为，人之所以超越下等动物，并不在于前者必须以后者为食，而是高级动物必须保护低级动物，两者之间须有互助，一如人与人之间的关系。在科学方面，他们得出结论，人体结构无可辩驳地证明，人不是宜于撕碎和吞咽别的动物的野兽；他没有食肉野兽那样尖利的分得很开的牙齿，他的肠子也比野兽的长得多。在生活方面，他们向世人表示，素食最节俭，最省钱。最后他们指明一个道理：人们之所以饮食并不是为了享受，而是为了生存。

素食主义有一个核心问题，即对素食的界定。对此，各地的素食主义者多少有些分歧。大体有三种：第一种认为素食指不吃禽兽的肉，但可以吃鱼和蛋；第二种认为素食即指不吃一切动物的肉，但仍可以吃鸡蛋、喝牛奶；第三种是最彻底的素食主义，它禁食一切动物的肉及包括蛋奶在内的所有的副产品。

对人类而言，饮食不单涉及生存和健康，它天然与个人的信念和自我完善有关。十九世纪的美国作家梭罗讲："我在我内心发现，我有一种追求更高的生活，或者说探索精神生活的本能。"为了这种生活，他不沾烟酒，不喝咖啡，不喝牛奶，不吃牛油，也不吃兽肉。他说，这样我就不必为了要得到它们而拼命工作，而因为我不拼命工作，我也就不必拼命吃。梭罗认为，每一个想把他更高级的、诗意的官能保存在最好状态中的人，必然是特别地避免吃兽肉，还要避免多吃任何食物的。他以昆虫学家的研究说明，昆虫世界的一个一般性规则是，成虫时期的昆虫吃得比它们在蛹期少得多。因此，大食者是还处于蛹状态中的人。"有些国家的全部国民都处于这种状态，这些国民没有幻想，没有想象力，只有一个出卖了他们的大肚皮。"梭罗相信人类的发展必然会逐渐地进步到把吃肉的习惯淘汰为止，就像野蛮人和较文明的人接触多了之后，把人吃人的习惯淘汰掉一样。

梭罗是在素食主义运动之外的，当素食主义在美国兴起时，他早已出版了他那部名为《瓦尔登湖》的沉思著作。但素食主义确是影响了愈来愈多的人，其中包括一些伟大的人，如列夫·托尔斯泰和萧伯纳（圣雄甘地在自传中也谈到了素食主义对他的意义）。

一八八五年，终止了打猎，戒掉烟酒，放弃财富，试图用道德准则与个人榜样影响和改变社会的托尔斯泰，又接触了素食主义。托尔斯泰的传记说，一天，一个名叫弗雷的人，从美国来看望他，这个人大约五十岁，但外貌是容光焕发的、年轻的，这是一个素食主义者，十年来甚至连盐也没有尝过。正是从来者这里，托尔斯泰第一次听到鼓吹素食主义，并且从他身上第一次看到一个有意识地弃绝杀生的人。从此托尔斯泰成了一个终生坚定的素食主义者。这一年，托尔斯泰已年近六旬。享年九十四岁的萧伯纳，将他的高龄归功于素食主义。一九三三年萧伯纳曾访问中国，在上海，有人问过他素食的原因，他回答："是我的健康所需要的，而且素食本是英雄和圣人的食物。"

除了对一切生命悲悯的爱以外，自觉的素食主义本质就是节制与自律。

关于节制，这是现代文明进程中迟早会被提起的问题。《历史研究》的著者汤因比即认为，工业革命以来被刺激的人类贪欲和消费主义，短短二三百年间，便导致了地球资源趋于枯竭和全面污染。面对未来，人类不能再心存科学无敌的幻觉，科学虽有消除灾害的一面，但（现实已经表明）一种新的科学本身又构成了一种新灾害的起因。人类长久生存下去的曙光在于：实现每一个人内心的革命性变革，即厉行节俭，抑制贪欲。

而在自律方面，曾严厉抨击西方社会的实利主义的索尔仁尼琴，反对"贪婪的文明"和"无限的进步"，提出应把"悔过和自我克制"作为国家生活的准则。因为纯洁的社会气氛要靠道德的自我完善来造成，稳定的社会只能在人人自觉地进行自我克制的基础上建立。托尔斯泰也曾讲过，人类不容置疑的进步只有一个，这就是精神上的进步，就是每个人的自我完善，人类如果没有内心精神上的提高，那么徒有外部体制上的改革，也是枉然的。

一九九四年九月

第 四 辑

泥 土 就 在 我 身 旁^①

—— 苇岸日记选

1988 年

1 月 1 日

一切传统的、令人回顾的事物都在淡化，仿佛一条流向沙漠的河，延伸便意味着消失。人们明显地感到在远离某种东西，在像云一样既不能驻足又不能回返，被隐形的流推向不可测之地。

元旦很平淡，昨夜的爆竹稀疏。

午后下起了雪，这雪似鳞片，细小而充实。它缩短了在空中飘扬的时间，给人一种迅速坠地的印象。

1月2日

冬天仿佛刚刚来临。季节像一匹衰老的马，已失去光泽。这时的冬天好像是一个终于到达目的地的客人，开始安顿下来。天气总是摇摆在阴与晴之间，太阳形同虚设。灰蒙蒙的环境与背景，使任何一种颜色都鲜艳，烟囱吐出的烟非常醒目。

节制与积蓄的季节。

1月4日

晚星竹君来。他的小说《癫花村的变迁》在《北方文学》一九八七年第十一期发表，该刊让他找一个鉴赏力较高的人，为小说写一篇评论性的东西，他为此事找我做这件事。读了这篇小说觉得有许多话要说，这些话是小说引起的，但远远超出小说的范围。他让我首先想到《百年孤独》，想到汉姆生《大地的成长》，想到老子救世之路。

我想，人类仿佛是火，它的存在便伴随着欲与求的光焰。它无论处在什么状态，都会释放那潜伏于它的灵魂中的欲求，它永远意识不到幸福，除了那曾伴随过它的幸福逝去之后。它的幻觉使他相信幸福在于它的欲求的获得与满足，但他得到的永远是伴随着意想不到的使他懊悔的东西，于是他开始回顾、缅怀往昔，向往原态的恢复。人类永远处于这万劫不复的悖理之中。这是动物的悲剧，植物的胜利。

1月6日

人类像一个疯子或永远在恋爱的人，它根本控制不了自己。人类永远处在一个不能驻足的惯性中，虽然它渴望停顿下来，但被某种它自己制造出又控制不住的力量推动着。当人类的欲求超过自身的需要，灾难便开始了。人类对地球的攫夺永无止境，但在很大程度上不是为了生存，只是为了领先的竞争，如同长跑比赛一样，已远远超出了锻炼身体的意义，那种不惜牺牲的较量，仅为一种冠军的荣誉。由此出发，任何一个国家都只会从地球的局部着眼，只有毫无权力的科学家艺术家才会从非现实的角度出发，考虑地球的完整、平衡、未来。

"只有一个地球"，哪个政府都不会被这句话左右，它考虑的是自己国家在世界上的地位，为了本国的强大，可以毁灭最后一个物种。地球的将来，它的无法挽救的生命，它将毁灭在人类手中。

1 月 8 日

对自然我有三大发现：黄河水是温暖的，白桦有体温，野火逆风而行。它们给我的印象之深超过我刚刚见到的事物。

一九八六年八月在济南，早晨我奔向河岸观日出，当我走下堤坝摸黄河水时，它像冬天的井水一样温暖。

一九八六年十月在围场坝上林场，那里的气温已低到零度，我抚摸脱尽叶子的白桦躯干，仿佛像一只兔子从里面散射着体温。

一九八七年十一月在从老家返昌平的田野小路上，风在空荡荡的旷野富有韧力的刮着，不知谁将田头的枯草燃着，火首沿地面逆风漫延，我曾试图使它改变方向，但无济于事。

1 月 11 日

冬天的门窗紧闭。方方正正的阳光斜切进屋里，仿佛一块玻璃没入静水中，也可以想象是白昼伸进来的一只手，拉你离开晦暗的环境。我躺在床上便能看到窗外阳台上，蹲在立着的木板上的两只麻雀，那里如同一个阳光的海湾，平静、温暖、安全。这两只麻雀老了，它们一定是去年冬天在这里的那两只，也许在我还未在去年（一九八六年）住进这里之前，它们就定居在这个地方了。它们哺育了几代雏雀了，没有人知道，它们蹲在阳光里，眯起眼睛，头转来转去，时时啼叫几声，毫无顾忌。它们的羽毛蓬松，头缩进脖领里，就仿佛是冬天穿着羊皮大衣的马车夫。

1月12日

下过雪许多天了，现在在地表的背阴处还残存着积雪，它们曾经连为一体，现在却像天晴时在天空裂开的云片，在大地上斑斑点点，仿佛那大地就是一头在牧场上吃草的花背母牛。这积雪收缩，并非因为气温升高，而是大地的体温在吸收它们，就像你坐在一块铁板上，你的体温会被渐渐吸去一样。

1月20日

回故乡所感：

季节也有生命。冬季仿佛进入了中年，它失去了往昔的活泼、冲动、敏感、多变。那时的冬天常常降雪，雪片毛茸茸落在地上，积上厚厚的一层，数日不化，纯洁的世界仿佛是大地在时时向人们显现它的本来面目。孩子们可以滚雪球、堆雪人、打雪仗，走在雪地上便能听到一种动人的声音。年轻的农民带着狗逐迹去追野兔或在场院扫开一片，支上筛子去扣因积雪而无处寻食的鸟雀。那时到处可见到冰，去滑冰车或溜冰，去砸开冰洞掏鱼。那时冬季似乎很干净，刮着不挟尘沙的风。现在冬季老化了，沉闷、压抑、迟钝、稳重，现在冬天的雪是一种奢侈品，降得短促，溶化迅速。过去的一切都消逝了，这对儿童是一种损失。

1月24日

我已习惯于行动舒缓，并给周围人留下了这样的印象。当一位同事问我为何总是不慌不忙时，我回答：为了表示对现代社会的抗争。

现代社会是启动的火车，节奏与速度愈来愈快，它不能与自然节律同步运行，这种与自然节律相脱节是现代人紧张、焦躁、不安的根源。

2月4日

面对冬天，便怀念雪。冬天没有雪等于土地上没有庄稼。雪也像鸟一样，现在的冬天招引不来雪，也挽留不住雪。现在的冬天风很多，风不像过客，它不匆匆而去，风在冬天久久徘徊，仿佛迷失了方向。风挟带着泥沙、尘土不向哪里去。风是冬天的诗人。

2月6日

日本人富有喜爱自然的传统，它的文学家德富芦花观察过落日，并看到太阳由衔山到沉入地表需三分钟时间。我在另一次曾印证过，日落的时间要短促，也许是季节不同。而日出的时间呢？今天的气候并不完全理想，天边有淡淡晨霭，但日出仍然是清晰的，日出要缓慢得多。从太阳露出一丝红线到完全跳上地表用了五分钟。仿佛有什么阻力，太阳艰难地跳动着，它像一只幼虫，收缩着挺进。它延伸时像坟冢，被压迫时像椭圆的球。

2月8日

在动物界，有许多种类的动物雌性的体型身量比雄性大，原因可能在于这类动物的雌性不必受雄性保护，而它们却要担负生育的重担。这类动物在昆虫界居多，甚至当雄性刚一完成交配的唯一职责后，雌性会将其吃掉。

多数动物一定是雄性身体大于雌性，它们力大、凶猛，要负有保护和猎食的责任，更重要的是，不如此，它们可能便寻不到配偶，因为在它们那里，一雄可占有数雌。这在体型硕大的动物那里尤其如此。

我在电视《动物世界》中，看过鹿群的格斗，普里什文在他的《人参》中专有这样的描述。人们对美丽、温和、灵巧、敏捷的鹿的印象一定限于牝鹿，当人们见到从丛林中走出的体型硕大似牛、顶着沉重坚硬的鹿角的牡鹿时会感到吃惊。在一年一度的发情逐偶期，牡鹿的形象甚至是肮脏的。它的毛色暗淡、枯萎、污秽，口流白沫，生殖器官会淌出粘液，丧魂一样游荡着，嚎声不绝。当两只牡鹿奋力为争夺一群牝鹿而争斗时，鹿角撞击的声音轰响，而牝鹿则在一旁安详地注视着或吃着青草，等待着胜利的一方。这场公开的争斗虽然残酷，但毫无阴谋的因素，因此虽然是在观看流血，也能感到一种正直性。

人类的战争具有这样的色彩，但战争往往不是解决争端的唯一的手段。

2月14日

西方作家入世者在当代普遍具有悲观、忧患意识，这是对人类前途的关注。威胁人类命运的有两个大敌：一是战争，一是环境。

核武装的人类每时每刻都受到或因一位疯子领袖或因万一的机器失误而导致的全面毁灭。西德诗人E·弗烈德写了一首被广为流传并印在圣诞卡上的短诗：《现状》。

谁要是愿意

世界

保持

现状，

他就是不愿意

她继续生存下去。

生态的恶化愈来愈令人忧虑，人们被关闭在自己制造出来的环境中，紧张忙碌地生活。人改造着自己周围的一切，使自然面目全非，诗人O·舍费尔在诗中说："我已无法称彩云为彩云了！"西德六十年代到七十年代文学参与政治，没有诗人歌唱自然，故宣称"文学之死"。现在自然诗歌复兴了，《在直线的狂风暴雨中——自然诗歌集》《现代德语自然诗集》《大地要求自由与安全》等出版了。当代西德最著名的诗人写出了这样的诗：

纪念歌德

你将怎么办

若是城市与城市之间没有森林

而是空旷一片

就像人与人之间的距离那么遥远

到那时抱怨与祈祷都将枉然

唯一的安慰只有一个词

无形地印在每一物件上

"仍然"就是它的名字

太阳仍然弹着旧调

希望与梦想仍然有效

鸟儿仍然遨翔长空

你也仍然并未步入绝境

去乌托邦

在逃离水泥砌成的世界途中

无论你到哪儿

等待你的是彻头彻尾的暗灰

简直像在童话之中

在逃难途中

你或许也能找到

一块绿色的弹丸之地

你兴高采烈地冲将进去

进入那染色的玻璃草丛中

水泥建筑代表物质文明。也代表无情的人际关系。原始的自然环境在消失，人类的朴素的情感在沦丧。

2月16日

今天是农历腊月二十九，也即是年三十。今年没有腊月三十这一天，在我的印象中好像第一次出现。人们只好将今天视作大年三十，因为明天是正月初一。

回故乡过年。穿越乡村小路，走走停停。田野是暗淡、寂寞的。没有飞鸟，没有大树，连太阳也无精打彩的。真想大喊一声。我想连声音也不会传得很远，空气是凝滞的。向死海投一块石头，水波一定走不了几步。

2月20日

春节一过，便有冬天消逝、春天来临的感觉和迹象。寒冷仿佛是一把用久的刀，已不再锋利。看着眼前的旷野，有一种植物、庄稼满地的幻觉。土壤已经松动，踩在上面很舒服。世界上还有一部分人，一生很少踏到土地。

2 月 21 日

从田间小路返回昌平。路上我第一次认识了一个奇异的现象，它纠正了我原有的关于火的观念。我见不到这个人，他点起火走了。火紧贴地面而行，北风徐徐吹着，风还是硬的，但火头还是逆风而行，我引火种到另一片枯草上，它仍是这样。而我过去认为，火借风势，是顺风而下的。

3 月 4 日

连日来形成了一种固定现象：早晨天气晴朗，阳光静静地普照，上午十点开始起风，风像一把扫帚，在地面扫来扫去，卷起尘沙。下午五点，风静了下来，夕阳柔和地看着这个被扫干净的世界。晚上满天银光，在远离月亮的地方星星又大又亮，微风寒意。

现在季节交替，必然多风。

3 月 6 日

持续未断的风今天达到了六七级，除了骤雨来临时会出现短时的大风外，在晴日中长时间刮这样的风非常罕见。

风将一切掀起，门窗哐哐作响，地面似乎都在震动。建筑群中的风如同乱礁中的流水，凌乱地旋转，形成一个个漩涡。沙土、纸片无休地腾起又像鸟一样落到地面。烟尘不断从门窗缝隙涌进。

这样的风，你会想到它能将地面上的阳光刮起。

3 月 13 日

春天了，大地像一块解冻的冰微微松动，它舒展开来，使走在上面的人能感受到体温。我站在那座小山冈上，向远处望去，辽阔的地面许多处升起轻烟，这是整理田地的农民在燃荒草，风徐徐地刮走，使烟像飘动的带子。看着这番景象非常亲切，它是一种古老的现象。远山仿佛已苏醒，注视久了，它真像在缓缓蠕动。空中有几只风筝。

3 月 21 日

前几天气温骤然上升，白天温度达摄氏十七度左右，可以脱去毛衣了。但近日气温又降了下来，使人又穿上冬天的衣服，虽然白天温度在七、八度左右，但给我一种感觉仿佛比冬天还冷。因为这已是温暖的季节，却显出寒冷，这就同虚伪的人比直接的无耻者更令人不舒服和憎恶。

下雪常常在夜里进行，早晨醒来令人意外地吃惊。外面在下雪，但大地仿佛已有了温暖的武器，雪虽然攻了进来，但它们损失惨重，它们不能长久占领，大地没有屈服，不断地夺去雪的生命，以至当雪断了援兵，不久便被大地消灭得一干二净。

3月26日

决没有两个完全相同的白天。昨天是雪后天晴的第一天，阳光充沛，空气透彻，天空辽远，令人精神舒畅，肢体舒展。今天仿佛是已穿了一日的新装，附着淡淡的灰尘，空间失去了透明感。

同S和N去北山照相。山野的色调仍是灰暗低沉，但已不同于冬天了，这不同之点在哪里我不能明确说出，但我总感到这色调在悄悄变化大地变幻颜色。我第一次留心观察，在枯萎的草丛中，新绿的植物已点点萌生。

3 月 27 日

人类对地球的利用，就像人对生命的利用。儿童看不到人的生命是有限的，他充分浪费和挥霍生命，生命在他眼里如同一口井，里面有取之不竭的水，得不到爱惜。当他发现生命的有限与短暂时，他的生命可能已受到了损害，这时他第一次意识到死，并努力去挽救。人类对地球的使用也是这样，消失的森林和动植物种类正是人类在意识不到地球有限时犯下的罪行。但要使全人类都能想到地球上的一切都是有限的，还需要一个长期的过程。

3 月 30 日

去南口西部植树。

已是春天，但阳光的浓重与牧草的萧疏仍有显目的对比。新萌发的植物像从大地中渗出的水，还未溢出陈年的枯草丛。在这样的季节劳动，感觉舒畅和轻松。肢体运动起来了，血液涨到了每个血管的顶部，人们感觉有力量要发挥出来。

爱默生认为：每一个人都应当与这世界上的劳作保持着基本关系，劳动是上帝的教育。我们一切心灵的功能，必定要在这强暴的世界里有一种敌对的力量，否则它们就不会生出来。体力劳动是对于外界的研究，它使我们自己与泥土和大自然发生基本的关系。大体上说来，务农是最早、最普遍的职业。

我常常有这个愿望，如果一个星期有一天在土地中愉快地劳动，便实现了我的一大希望。

4 月 1 日

读《外国摄影十大名家》。它使我产生了一个强烈愿望：买一架相机学摄影技术。至少在不久的将来要实现这个愿望。

在所有艺术中，摄影最直接地将艺术家与外部世界联系起来，这个联系的中断便是摄影的死亡。它要求你到城市与乡村，到劳动的人群，到大自然中去。还有什么会比这一点更有利于艺术创作呢？摄影也是从事其他艺术创作的最好媒介。

在这十大摄影家中有两位是崇尚自然的，我羡慕他们。安塞尔·亚当斯毕生奔波在美国中部、西部地区，美国政府将内华达山脉的一个主峰命名为"亚当斯峰"。

亚当斯说："如果你还没有在赤日炎炎的中午，在黎明的晨曦和黄昏的余辉中观察过它们，假如你还没有看到云影从它们身上掠过，假如你还没有在暴风雨来临的时刻，在狂风暴雨中看到过它们，那么你就不能说自己已经了解了大自然。"亚当斯的好友爱德华·韦斯顿五十二岁时在西海岸卡美尔的野猫山上，盖起了一幢简朴的木屋住在那里。他说："我天生就不是一个城里人，我之所以要离开旧金山，是因为我不喜欢这个地方。"韦斯顿说："云彩、人体、贝壳、辣椒、树木、石块、烟囱都是一个整体中互相依赖和互相联系着的事物，它们都有生命。""不论在什么东西里，都能感受到生命的节奏，这是造化的象征。"

有以人像为主的摄影家，书中附了许多杰出人物的照像，如丘吉尔、爱因斯坦、海明威、奥登、邓肯等。

4月2日

持续十余日的风消逝了，仿佛路上过了一支庞大的军队，空中还漂浮着它趟起的泥尘。随之而来的是半阴半晴的天气，偶尔还下起小雨。气温一直显得阴凉，好像在阳光的追赶下，寒冷都躲进了室内，此时屋内比屋外更具寒意，因而白天我要将门开开，让暖气涌入。

高大的杨树像一座座塔，它们的棕色花穗在轻风中微微摇晃，像塔身悬挂的铃铛。

4月9日

临近黄昏，去北山散步。农妇在整理山前的麦田。电线杆穿地而过。一只乌鸦飞来，停在杆顶，它镇静的样子旁若无人。我很久未见乌鸦了，这次它没有叫。这只乌鸦通体黑色并闪着幽光。电杆是木制的，也涂着防腐的柏油。乌鸦落在上面仍是显眼的。不久，它飞进麦田，另一只乌鸦飞来了，落在了它的近旁，它们也许是夫妻。

在一棵洋槐树上，停着几只喜鹊。它们总是站不稳的样子，长尾巴一翘一翘的。很轻易地见到它们，使我很高兴。

4月11日

早晨天空便完全异样了，好像是黄昏。黄尘弥漫，遮天敝日，它像一种浓雾天气，人们感觉呆在一只黄色气球里，看到外面的一切都仿佛在夕照中。风力并不大，但像在下黄尘雨。这是西北黄土高原刮大风扬到空中的尘沙飘散过来。它也是一种奇观。

4月12日

写"去看白桦林"。

我写作有这样一个习惯，从第一稿开始，我便喜欢用干净的方格稿纸。这样一开始便会令我认真对待，每一遍都像在定稿，前面的白方块不断引诱我的笔去征服它。当写到什么地方中断后，我会返回来重新开始，决不在中断的地方继续下去，这像我们过河，当第一次跑过去未敢跳起时，我们会再返回来重新冲上去，一直到跳过河去。

4月13日

谢尔古年科夫说："如果我的早晨不太使我喜欢，它在某个方面有缺陷；或者是露水太冷，或者是太阳来得迟了，或者是由于风大，吹来了过多的乌云，因而使森林里阴沉沉的令人不舒服，但一想到在某个地方有另外的早晨——明媚的、灿烂的，有宜人的露水和准时升起的太阳——我就高兴起来，以至于觉得我的灰色的倒霉的早晨一下子变得好了。所以无论是寒冷的露水也好，太阳也好，呼啸的风也好，乌云也好，我现在都不把它们当作是对我的惩罚，而是当作珍贵的礼物来接受。"

每天早晨起来，当我因恶劣的天气而欲发怒时，我便会迫使自己想这句话。真的，连我这个喜欢北方的人，也因春天的风沙而开始厌恶北方了。春天在悄悄地走动，我总想等一个好天气到野外去呆上一天，好好看看春天中的一切，但连日的几乎不间断的风沙总将人关在屋子里。有一天当风和日丽了，当我们去户外仔细观看时，我们发现，春天已经过去了。

4 月 14 日

我忽然觉得我的室内应该存在某种生命。我的室内是书籍、绘画和音乐的天地，它们常常令我感到窒息。我应该能看到生命，每天发生变化，感到泥土就在我身旁。能够战胜死亡的事物，只有泥土。

4月15日

今年的春天风沙格外大，超过了我印象中的任何一年。春天本身也在年年发生变化，这更使我相信季节也有生命，也在衰老。但因素是人为的。

4月19日

室外阳光灿烂，我去厨房，外面一棵香椿树上的麻雀忽地飞走了。它隔着玻璃看见了我，（我的居室是二层楼）虽然室内比室外暗。它的机警令我吃惊，乡下把麻雀叫"家贼"，意思是它们比其他的鸟类狡猾。

同人类长久世代生活在一起，机警是不可缺少的重要条件。

4月26日

又是那只麻雀吗？它衔着一束绒毛，停在小柳树上，四下看看，还是没有完全放心，它没有飞进平房后檐的巢内，可能它看见了人，衔毛飞离了。正是它们将要生儿育女的季节。麻雀不知为室内的我增添了多少宝贵的东西。

4月29日

"城市会使人变得凶残，因为它使人腐化堕落。山、海和森林，使人变得粗野。它们只发展这种野性，却不毁灭人性。"（《悲惨世界》第一部106页）

我深深赞同雨果这种说法。

5月1日

五月是一年中最好的月份。扬沙腾尘的春风终于偃息了，风和日丽，青草和麦田覆盖了地面，小鸟藏在绿荫里婉啭啼鸣，新绿的叶子渐渐扩展，空间弥漫着树花的香气，农民在土地上劳动。

我到乡下去，在待播的稻田地里，走动着许多小鸟。它们的体型比麻雀小巧，动作灵敏，它们走动的方式引起我的注意，像鸡那样迈步，而麻雀则是双足蹦跳的，它们体小却迈步走动，样子很引人发笑，就像孩子学大人一本正经走路一样。我叫不上它们的名字，它们似乎从不飞到树上，飞得很低，落在田里便和泥土相混，如果它不走，简直认不出它们。

晚电视台播放美国影片《愤怒的葡萄》，是根据斯坦贝克同名小说改编，小说我未看过，影片很喜欢。

5月2日

上午同姑姑到田里种花生，阳光照耀，轻风拂面，空气清新，土地松软，人类还有什么劳动能同在土地上的劳动相比呢？劳动中的舒畅感，精神的明澈，我很想说"劳动万岁"。

5月7日

我的家乡就要遭受一场劫难，没有什么事情比这更使我震动，我感到悲哀。在村子的东北面，在家乡田园景色最典型的那个地方，将建一座大型水泥厂，它像死神就要做村子的邻居。令我时时向往的家乡，我的灵魂萦绕的地方将不复存在。

今晚回老家听到了这个消息。但家乡的父老们似乎是欢迎这个灰色的水泥厂来临，因为这意味着过去所不曾有的、又使他们向往的工业文明的降临。占去的土地解脱了他们一部分劳动，有一部分农民要成为工人。这些诱惑着他们。而污染、景观的消失，机器的噪杂等等恶果，他们还未意味到。可怜的父老们，没有人抵制这一灾难的临近。

5月8日

上午到麦田里帮助姑姑种玉米，天气晴好。有多长时间未与泥土真正接触过了？我有意光着脚，踩在松软、湿润、略带凉意的土壤上，我感觉我已与大地溶为一体。人早与土壤隔绝，人再也体会不出此刻的幸福感，发展的终结是人生活在自己建造的与自然与大地隔绝的灰色棺木中。为了终极的幸福，你应该到田里来劳动。

5月14日

立夏已过，进入夏天了。我想我还没有仔细看看春天，它已被风沙掳走了。

下午登北山。麦地已秀穗，麦田的翠绿在褪色，我好像已嗅到丰收的气息。花期很长的刺槐，它的白色花穗已开始凋谢，香气已消散。山坡上的黄栌树吐出淡粉色的花丝，很像木芙蓉的花。凶猛的熊蜂在山梁上飞舞，它们不像在采蜜。长尾巴的山喜鹊穿行在稀疏的林中，发出"啥、啥"的叫声。山上有人在漫游，乌鸦一声不响在高空盘旋，它有一种不安全感，不知它的巢在哪里。

下山的路上，紫荆开着花穗，蜂群环绕着它采蜜。我发现蜜蜂将花粉粘附在两只后腿上，花粉渐渐成团状。这是蜜蜂盛花粉的器皿。山坡小路上，一只细弱的蚂蚁在顽强地做着一件事情，我看了很久。一个体积比蚂蚁肥硕的小型蜣螂死在道上，它可能被人踩过，它溢出的体液沾着两粒石子，这对蚂蚁来讲重如巨石。但它紧紧咬住这个食物不放，它要将其拖回穴内，它也许是个任务在身的工蚁，它只有将这个美味拖回去，才能完工。它扭动着，蜣螂轻轻晃动着，但是无法移动。直到我走时，那只可敬的蚂蚁仍在努力，没有人来帮它，它也没有回巢叫兵的想法，只是自己一人在拼命拖着。

5 月 22 日

开阳台门时，一只壁虎爬进室内。从科学观念上，我知道他对人类有益处，如果它呆在我的室内，会帮我消除出现的蚊虫，更重要的是我可以结识一个人类之外的朋友。他会给我带来许多非物质的东西。童年留下的一切太深刻了，它们左右着我。我知道壁虎没有牙齿，但它被称为"五毒"之一，大人见到它们总要将其打死喂鸡。一种担心夜里被咬的恐惧，使我向外赶它，它似乎很不满意。它的尾巴在我赶它时断了，不停地摇摆着，当我过了一段时间再去看这条断尾时，已不动了，它在细沙土上留下了摆动时的年轮一样的痕迹。

5月27日

人们仍天真地设想未来，其实"未来"在本世纪已不同于从前人们想象的那样。发展与进步已不是无止境的了，因为人类生存的基础（地球）并不是无限的，有许多迹象已向人们预示，地球将会枯竭。几代人以后，"未来"也许将不存在。在我短短的生命里程中，自然环境发生了多大的变化：河水断流、水井干枯、鸟类稀少、冬天无雪、土地缩小、空气污浊。许多令人缅怀的事物永远消逝了，更长的时间还将发生什么变化？那些赞美发展与繁荣、工业与商品的人，实际是在赞美纵欲和掠夺，期望人类毁灭之日的到来。

他们相信地球会取之不竭，他们的眼光从不关注自身之外的事物。

5 月 29 日

下午去北山。麦地平展，从下部已开始泛黄，仿佛麦秆现在吸收的是大地的颜色。麻雀聚集在麦垅间的树丛，嘈杂地叫着，在麦田和树梢间往返。麻雀不远离人，转入山坡丛林，便听不到他们尖锐的鸣叫了。枣花正盛开，空气馨香。下起雨来，雨不大，雨打在树叶上，发出沙沙的响声，确实像雨滴一落到叶上便成了昆虫，贪婪地吞食着。

8 月 10 日

运河游泳。在河边修改《嘉荫笔记》，效果很好。带着刊有兰波《彩画集》的《外国文艺》杂志。

在水边追逐的豆娘给我留下了很深的印象。初看是黑色的，细看则是幽蓝的，闪着金色光泽。它因纯乌而干净。水里长出的昆虫。

《昆虫知识》说蜻蜓目世界已知有四千九百五十种，

分为两个主要亚目：蜻蜓亚目，两翅静止时平放背上。豆娘亚目，体细而可爱，两翅静止时直立背上。我今天看到了体型色泽不同的两种豆娘。

去了水边，可以继续写下去了，因而倍感愉快。

8月19日

写作的热情，各地不断传来的铁路事故，治安状况的恶化，多方因素使我今年暑假迟迟没有出去旅行。当我完成两文后，我再也无法留住自己了。我要换换头顶的天空，要吸吸异地的空气，看一看不属于这里的东西。这是一种强烈愿望，我只有让它实现，才能顺利地度过今年。

我还想看看草原，丰宁北部的"坝上"是距这里最近的牧区。我设想与人结伴骑自行车出去：怀柔→丰宁→沽源→赤城→延庆→昌平。这是我设想的路线。

8月21日

仿佛已走出了连绵不断的雨云，头顶再也没有什么遮拦。第一次有了秋天的迹象，天高云淡。

骑自行车去"坝上"草原实属不可能。那里海拔一千八百米以上，要翻过燕山山梁。决定乘火车到虎什哈下车，再换汽车到丰宁。

8 月 22 日

上午八点二十分在昌平北站登上东去的慢车，同行者孙祖逊。火车乘员都是下层人，我想起杜米埃的油画《三等车厢》，因为它不经过大城市。河道有汛期过后遗下的水迹。

中午十二点五十分到达虎什哈车站。站外的汽车站无车，据说今日个体户们正验车。一小时后来了一辆小型客车，将人都装了进去，站立者只能弯下腰。这是一辆典型的只顾使用、无暇保养的个体车，车主一心赚钱，忘了安全。

下午近五点到达丰宁县城。肮脏的外省小县城，一条主街道，尘土飞扬，街上看不到一个富于修养的男人和漂亮的女子。我们去一座军营找刘铁民，他是位过去的学员。部队的晚饭非常简单，无青菜无蛋肉的面条。清冷的幽暗的小招待所。这里的气温已明显低于北京地区。

8月23日

丰　宁

晨六时，天似乎还很黑。起床。无云幽蓝的天空亮得很快，赶赴汽车站。车站出乎意外地人山人海，长途运行的汽车已渐次发出。票厅的几个窗口都排着长长的队形，各线已满员的牌子不断在窗口挂出。我们跑来跑去，但所去之地（沽源、多伦、赤城）车票均已售完，近乎绝望。在这种时候似乎哪怕趴在车顶也愿前往，更想到车站上实际没有的"关系"，以致孙想冒充去沽源开会的人员，这时车站上的任何一人都身价百倍起来。

走出候车室，彻底地心安下来，想着下午，退一万步是明天。在站前绝无卫生可讲的小摊吃早点，它的洗碗水已稠得像汤。将吃完时才发现这一点，在特殊情况下人就不会奢求。丰宁县城似乎最热闹时是凌晨，乱烘烘的拥挤在车站的人流，被一辆辆早发的长途车运走了，以致当白天真正到来的时候，街上反而清静下来。走在街头看着来往的行人，有上班的政府职员，有驻军军人，有进城的乡下人。在这偏僻之地，这些远离都市的人脸上传统的憨态、善相、朴实被这个时代拿去了，带着贪欲和无可奈何的神情，让你看到喜悦的短暂与痛苦的永恒。

我们找到了新设置的丰宁旅游服务公司，有了一线希望：下午如人数达到二三十人可开一辆车。返回兵营招待所，下午两点再去那个公司，经过争取，开出一辆半敞的双排座汽车。同车二十一人，都是北京来的，都是看了《北京晚报》后来到这里。出丰宁县城向西北方向开往大滩。现在是庄稼成熟的时候，从车后望出去看到黄色谷子、红高粱等作物。这是由平原向山地过渡的地区，当然这个平原只是山谷中的一块较平坦的地方，容下了丰宁县城。下柏油公路转入沙土路，烟尘飞扬起来，圈在车后，漫进车厢。我们不得不装上帆布，厢内黑暗起来，阳光从缝间射进，形成一道光柱，使弥漫的尘埃更为明显。闷在这样的环境里，一路颠簸。当车停下后，我们都成了"土人"。并未到达目的地，而是跃上了坡顶，"坝上"独具的景色展现在眼前。平缓的梁地，秀丽的草色，明显低下来的气温，这里已海拔一千五百米。服务人员让我们照相，同时也为收车费。原讲定的每人六元，因大家吃了一路苦，而只付四元，经争执而取中，每人付了五元，汽车又继续开动。

当它驶进大滩乡政府院子时，村内到处飘着炊烟。

8月24日

大　滩

当太阳升起，阳光照亮这个村子的时候，它的一切都清清楚楚了。虽然它是乡政府所在地，但它比任何一个当地的其他村庄并未有什么优越的地方。一个普普通通的自然村落，有两条通向不同方向的路，这路的终点和起点都在这里，这就是大滩村。街道不整，房屋不正，到处是拴马桩，在土地色的村子中，有少量新盖的砖瓦房，表示这村子的更新。给我印象最深的是整个村落的肮脏。家家户户养着马、牛、驴、羊、猪、鸡、鸭、狗等动物。院子里不垒圈舍，这些畜生满院子走动，整个院子便是一处畜舍。院子无门，它们随意上街，整个村子仿佛是人畜共居的场所，到处散发着腥臊的气味。这是一个生态村。我想即使这样，它仍比城市干净。城市是无机的，到处弥满（漫）着置人死地的化学成分，它的污染是真正的污染。

大地通过花朵向世界讲话。

　　走出村子便是草色妖媚、地势起伏优美的草原，它
与村子形成鲜明的对比，我不明白为什么人一定居进来，
这环境就变得如此污秽和丑陋呢？村民起得很晚，好像只
有太阳在街上闯荡。因游人在今年意外的到来而设的私人
饭馆迟迟关闭着门，它并没有为赚钱而牺牲固有的习惯的
念头。过一会儿，有马匹进入村北的草甸。还不能称草原，
因为它缺少草原的气蕴。躺在招待所的床上，那位老师又
来了，我们向他询问去沽源的走法，他年轻时来了这里，
徒步去过沽源，也走过丰宁。他老家是辽宁人，这是个应
受到敬重的人。我始终不明白，他的十足的书生气如何在

这偏僻的地方经久不失。这样的人稀少，但任何地方都可见到，正直、愤世嫉俗、忧国忧民，具有一种超出自身利益的东西。努力从行为、言谈上使自己同周围人区别开来，这是使他不失去原有状态的武器。他同我谈起生态问题，谈国家的政策，显然他像所有具有传统精神并人品正直的知识分子一样，对后者是持否定态度的，原因在于它导致了道德的沦丧。他在关注曲啸、李燕杰的蛇口风波，俨然他能左右方向。他将自己贡献给了这个地区，他热爱这生活艰苦但人民淳朴的地方。他现在在丰宁农业广播学校工作，叫张俊生。他是个有趣又严肃的人，他不开玩笑，但能让你暗自发笑，他气愤时骂"他妈的"，叙述过去时，说"天空布满阴霞"。你很难忘记这个认真的人。

日上三竿。我们向牧场走去，未出村子遇到一村民。攀谈几句，他引我们向他家走去。他家有两匹马，一高一矮，属两个马种。他们已经做上了供游人骑马收费的营生，骑一匹马一小时十二元。显然要价是过高的。在他的儿子引导下，我们骑着马走向牧场。那里有马群，租马的活动已经开始了。这两匹马，高马性情温和，动作缓慢，骑它是安全的。这是匹母马，身后跟着一

草原与马匹的亲缘关系，令人想到早晨与霞。

匹马驹。身体笨拙地僵硬地骑在马上，自己都感觉是
与马不相称的，在这种特定的场合，在这种显示体力、
勇气与技能的事情上，我开始为自己是一个身体退化
的文明人感到可耻。骑在马上，我感到有一种冲动，
希望这马奔腾起来，以发泄被压抑了几千年的文明种
族的活力与最初的东西；同时我又有一种恐惧，担心
那马真的奋蹄而起，失去控制。在马上这一个小时，
只能说是游乐，是玩耍，不是在骑马。因此，骑马便
是对自己的嘲弄。身边不时有牧马人骑马飞奔而过，
在向我们炫耀。

我们已经决定，吃过午饭步行去沽源。沽源离大滩有七八十里，这是当地人的说法。精神上有充分的准备，便会有一种气充盈在体内，它推动你完成这件事情。我并未多想途中的艰难或意外的事故。坝上没有山，有的只是隆起的地表，被当地人称为"梁子"。梁子是平坦、曲线优美的，远看仿佛很光滑，那是因为它既不长树也无灌木，只有一层密绒绒的正在改变色调的草。不必走路，哪里更近，哪里就会出现一条小路。可以走直线，除了需要绕过村子外。从任何一个部位都可翻越山梁。需要过一条小河，河不宽，汛期已过，河水正渐渐弱小，但无桥也无石块，只有赤足趟水过河。自从离开故乡，自从许多河流消失，许多年未趟河水了，这一瞬让我回到了整个童年，又体验着那幸福的时刻。那时为了不让祖母看出又去河里玩过，我把双足涂了尘土，伪装成只光足走过路而未下过水。最怕的是祖母用她的指甲划腿，因为趟过水的腿会出现一道白印。

　　翻上一道山梁，便看到两个世界。大滩已甩在了后面，也许永不再同它相会了，前面是一片片散落的几个小村子，更远处仍是山梁，我们想象再翻过远在天边的那道梁子，沽源便会到了。下了梁便是二道沟。一点三十分从大滩出发，两点四十分到达二道沟。没有停留一刻，我们穿村而过。这里的村子都是相同的，肮脏不整，每家门口都有一辆勒勒车，一根拴马桩。或许会有一幢新盖的漂亮砖瓦房子，但它改变不了泥土村落的色调，仿佛是置身在烂泥中。孩子们在这样的村子里玩耍，无忧无虑地欢笑。贫穷并不妨碍欢乐的存在。过了二道沟便是老羊圈，只走了二十分钟。我看到了村里的辘轳、水井、石槽、碾子，这些古朴的代表一个正在开明地区逝去的时代的东西，它们使我激动，我照了相，可惜未能洗出，因为在试图换彩卷的时刻将它们重叠了。

半农半牧的地区。种粮为自己食用，牧牛羊为换钱。路旁大片的田里是已成熟的春小麦和莜麦，农民在收割。显然这田地完全依靠风调雨顺。远远的我们又闪过了两个小村，与路人打听，名西山根和赵家营。一心想在天黑前赶到沽源，路上走得很快，以至我同S有了分歧。不是为了从这里走过，目的是沿途看看。应该走到哪里便住哪里，我相信是可以随处住下的。我是漫游，他是赶路，这是分歧所在。

今天你用什么好的词汇形容这天气也不过分，背景是湛蓝的，云团滚滚，地面辽远，星星点点的马群、牛群、羊群。曲线优美，草色瑰丽，截取哪里都是一幅画面。几匹马站在丘地的曲线之上。摄影的最好所在。这景色令我吃惊，使我驻足。一条土路，极少有行人，是最佳的徒步旅行之路。又穿过了一个屯子，名张古营，十几户人家，泥土房子，村民好奇地盯着我们。太阳已临山了，该是寻找宿营之处的时候。远远的前边似乎是一个大村子，我们把希望寄托在那里。路边麻雀捉蚂蚱的小景。一辆车从后面驶来，简易的马车，车上坐着两个小孩，我们征得车夫同意坐了上去。拿出食物给小孩吃。

这个大村叫酸枣堡。它的样子似乎并不穷困，很难想象找不出一家饭馆和旅店。的确什么都没有。这出乎我们的意外，我们试图驻进民户，并声称付费。没有人肯收留我们。有人指给我们，说另一个村子是乡政府所在地，那里有食宿之处。我的全部希望都寄托在这里，我力量的底蕴到这里已经耗尽，我的气只运到这里。再向前似乎已寸步难行。但必须走下去。天黑了，S在前面轻装前进，我背负重物艰难迈动双足。这最后的路程是最难行的路程。这最后的目的地是常铁炉。我们找到乡政府，已是掌灯时分。乡政府只有三四个值班人员。我们说明了情况和来意，并递上证件。接待人员表示钦佩和理解我们，但乡政府无处可宿，终究他仍给我们想了办法。这里的民风毕竟淳朴。他带我们来到一个住户，这家有辆小型拖拉机，他试图说服主人，把我们拉进县城，县城离这里尚有二十里。主人推辞，最后决定我们住在这里。这家人姓樊，我们同一个将去沽源上高中的少年住在一屋，少年喜欢诗歌，这使我们有了话题。少年叫樊桂云，皮肤黝黑的农家子弟，说话有浓重的口音。诗竟在这样一个偏僻地区的孩子心里扎了根。夜里，院内的牛羊膻气刺鼻地涌进屋里。

8月25日

由常铁炉到沽源

樊家显然在村里是富庶的，有拖拉机，也有马车。被褥干净、备用。院里同这一带无两样，由于有牲畜而脏，异味难闻。睡得晚，太阳出来早，没有看到日出。环境仍

希门内斯、雅姆，热爱驴子的诗人。（农家少年樊桂云 摄）

是"坝上"特有的，柔而美，主要在于草色。我们在村路上照了像，附近拴着一头驴子。为老乡家买了食品等物作为酬谢。

上午九点，我们走上了大路，向沽源出发。约二十里路。景色的优美使人忘记劳累。莜麦熟透了，农民一家一户在收割。麦捆立在田上，令人激动的丰收景象。这条石子路空旷、漫长。呈现了几种颜色。很久才会碰上行人。地形向县城方向倾斜。展开的大地。走进县城时，我们又已筋疲力尽，力气昨天似乎已耗尽。

同无数小县城一样，一条主街道贯通下来，两面是些店铺、政府机关，再往深处走，便是像摆设背后一样了，脏、乱、差。先找一家饭铺，不可少豆腐（经济营养）。然后找车站。车站在县城的另一端，走了很长时间。已是午后，而车均在早晨发。只有住进车站旅店。躺在床上休息、看电视。有个动物片《兔子》（我们走了一路，在这荒僻之地，竟未见一只草兔）和一部日本故事片《栗色的小天使》，关于少年养护麻雀的故事。一只受伤的小麻雀被三郎、武藏、建一精心护养。表现了人类与生物天然的亲缘关系和童年的可爱。野兔和麻雀都令我激动，亲切的生命，对人类不构成任何威胁。还有一部五十年代老影片的片断，大片旺盛的庄稼，那时没有化肥。同室有个老志愿军和一个退伍后干上实业的复员兵。他们都在夸耀自己行伍的过去。在山庄僻壤，回乡老兵是一个经风雨见世面的人物，受人尊敬。

8月26日

　　车票昨日已买好。早早地起来，赶远路的样子。长途汽车多在六点左右发车。上车时与售票员发生了口角，他一副因无可奈何的工作而厌烦的样子。向南开车是下坝，路多回旋，距离短但路程长。十点左右到达赤城，穷困的河北省景象。停车半小时吃早饭。赤城以后，蒙古高原的"坝上"地域色彩消失，纯粹农家风尚，路边会有果园。进入延庆倍感亲切，这是根深蒂固的乡土感。下午四五点在昌平下车，热气袭来，仿佛冬日踏进室内，温差很大。

10 月 2 日

今年雨水多，入秋以来还下过几场雨，当然秋雨同夏雨是有区别的。近日气温骤降，没有太阳，有时会飘湿润地面、瓦棱的毛毛雨。今天又是阴天，暗得近似夜色。天空没有云，只是浓雾蒙蒙的，均匀得看不出形状，只有夜色能同它相比。没有萧瑟的树木和阴冷的气候提醒，我会把这天气当作夏天。

回到乡下老家，正是秋收种麦的尾声。今年从北京局部来说，是难得的风调雨顺之年。村里还有邻居在剥玉米，每家的院内、墙头都挂满黄色的玉米。置身在这环境，便觉心悦神怡。

10 月 3 日

只要打开本子，坐在它前面，拿起笔，文字就会自动走来。笔在纸的面前同农民在土地面前一样。真正的农民决不会忍心让土地空闲、荒芜。

我应当强迫自己每天坐在写字台前，然后翻开本子。

10 月 6 日

麻雀与人的生活结合得这么紧密，凡是有人居住的地方便有它们。麻雀的鸣叫使我还意识到：同样存在着另一个世界，存在着另一种生活。它们有时飞到阳台上来晒太阳，这时我就会放弃手中的事情，注视它们。

10 月 8 日

已经有一个多月了，办公室窗外的那窝蜂依旧伏在墙角上。气温渐渐降低，它们似乎已预感到末期的临近，紧紧挤在一起，一动不动。只有阳光逐渐变暖，才会轻轻飞起，我不知它们现在还吃不吃食物，但能见到它们中的成员从外面飞回。它们的家早已失去，这里只是故址。它们为什么不在巢被捅去的那一天飞去呢？这里还有什么可留恋的呢？每天我见到你们便倍感悲哀。在你们身上我看到了一种大于生命的东西。

你为什么要烧掉那窝蜂呢？为什么要残忍地捣毁一个家呢？显然它们永远也不会妨碍到你，还没有一只马峰会主动攻击人。你无非只为以此表示一下勇敢，显示一下伪英雄主义。因为你是男人，现在男人已进步到除了施暴于比自己弱小的动物，除了喝酒便觉得无以表现自己的本色，无足以做英雄，无足以在女人面前炫耀。这就是人。

10 月 11 日

我曾指着暖气管上绑着的那节桦木对 L 说，它让我想到一片树林；指着那瓶水说，看到它就看到一条河。瓶中有几条我在运河游泳时，用面包渣引诱、用塑料袋兜上来的鱼苗。我将它们带回放进罐头瓶中，它们的确给我带来一条河，一个池塘，使我的室内溶进了自然的因素，天籁的声响。

我仿佛从村里抓来了几个孩子，将它们投入禁室。它们的失去自由换来了我的趣味与意愿，它们的孤独排遣着我的孤独。我为什么有这个权利？它们的数量在减少，有的抑郁而死，有的换水时蹦进了水管。还剩下一只，它孤零零地触动着我，我不知该怎样做，附近没有河。很长时间未换水，它仍然活着，水都变了色。我把它忘了，当我偶然看到瓶子时，它已经一动不动，躺在水底。这几只鱼也许在河里会被捕鱼人网去，也许长大同样生儿育女，它们死在了我的手里，仿佛我杀了几个孩子。我想起了莫洛亚的《蚁》。

10 月 19 日

由昌平倡议的"北京首届那达慕大会"在县城东关召开。与锡林郭勒盟联办。今天是第二天，我去看了。蒙古高原上的民族在秋末收回牧草，圈回牧群后，每年都要欢庆。摔跤、射箭、赛马，以力量和技能为光荣。

面对着这个骠悍、骁勇的马背上的民族，我有什么感触呢？坐在看台上的我和身边的这群自称"文明人"的虚弱的民族，只能通过观看才能隐隐体味到那代代逝去的残存于我们血液中的富于生气的东西。我们背弃了初始，背弃了那根植于自然与土地的联系。我们蜷缩于与生命母体——自然隔绝的人造环境里，干涩而萎靡地生活着。那来自于自然之神的生气和只有弃舒适而后生的力量成了我们可望而不可即的东西。

10 月 29 日

"朝星星瞄准总比朝树梢打得高些。"这是俄罗斯谚语。我们为什么没有这样的具有高远胸襟的话，这样地把人的眼界与思虑引向外在，引向远离人自身的争斗与阴谋血质？看到这样的谚语，连我们自身也倍感伟大、高贵。

11 月 2 日

冬麦都种上了，整齐地长出青苗来。地里被收拾得干干净净，安闲而空旷。除了城里和市场上一年四季无宁日地忙碌、操劳、奔波，农村的黄金季节又降临了。老人想象着烤火，孩子们等待雷，麻雀缩首而肥硕。农民在院子里将稻粒从稻秧上摔下，尘埃弥漫。玉米棒整齐地码在窗台上，风吹干后，在年前将它们运进炕上，老少一齐动手，把玉米仁揉掉。于是扫房、做豆腐、蒸年糕准备过年。

　　从小路穿过时，枯草中还会蹦起蚂蚱，这是那种青黄色的、身体半透明专在稻田中的蚂蚱。它们的动作已迟缓了，伸手就可以拿到。死了的尸体是苍白的。

　　脱离大地与农村的人享受不到季节，他们的生活再也没有四季给带来的劳逸张驰、起伏舒缓的节奏。他们是有生命的机械人。

　　11月12日

　　我怎么一直未想到这点呢？过去它们常常停在阳台的横栏平台上，头缩进脖颈里转来转去，一副丰衣足食的样子。现在它们怎么不来了呢？我有很长时间未看到它们了，也许因为我在家里停留的时间少了。那时，我躺在床上，隔窗玻璃就能望到它们，常常是两只，一只稳稳的，大丈夫气，一只则蹦来蹦去。我现在才想起，应该在那平台上撒点谷粒，我怎么现在才想起呢？

11月14日

从电视新闻中看到这样一幕，便使我为之一动：牧场上一条蓝色的河流，牧民在河旁劳作，蒙包房就在近旁。他们天天走在草上，天天在河旁，天天看到很远的地方。他们吃新鲜食物，呼吸花草的气息，和马群在一起。世界上还有一部分人，看不起他们，因为这些人穿机器做的衣服，吃机器加工的饭，呼吸机器排出的气体。他们视线狭小，行动拘束，看不到人流便觉孤独。

11月20日

有时细想一下某件事情便令我们吃惊。一间屋子为什么总会有尘埃落下来，于是我们每天早晨清除一遍。它好像雨从天空而降？只能来自屋子本身，来自屋子的颤动，仿佛气流旋转，周而复始。你头脑中的灰尘也是一样，你不得不读一本书以彻底清除。

11 月 24 日

读《表土与人类文明》。这又是一部深刻影响我的书，为美学者卡特与戴尔所著。

当地球年轻的时候，在这个星球上没有生命，没有土壤。生物大约在二十亿年以前，首先在海洋中出现，其后又在大约十几亿年间，一直局限在海洋、湖泊和河流的水中。直到三亿五千万年前的希留利亚纪①年代，原始的动植物开始在地球上出现，这就是能维持生命的"土壤"形成过程的开端。这些远离海洋的陆生植物从空气、阳光和雨露中，从它们固着在其上的岩石碎粒的矿物质中摄取着生长所需的营养，每一植株死亡之后，就将自己的有机质加入到岩粒的矿物质中去，造土过程开始了。"自然选择"的法则迫使所有的植物与动物促进成土过程：

---

①希留利亚纪，通常译为志留纪，是地质时代表古生代的第三个纪，约始于四亿四千万年前，约结束于四亿一千万年前。此处苇岸所记年代存疑。——编注

没有任何一种不帮助抑制土壤侵蚀过程的植物能够长存在山坡上，也没有任何一种动物由于损害其食物来源基础而不最终毁灭它自身。

原始人在距今约一百万年之前出现了。原始人的出现没有打乱土壤、植物与动物的自然进程。这种状态一直持续到文明发展阶段，人类足以控制其他的植物并且进而企图作大自然的主人的时候为止。这是因为文明人使用优越的工具和自身的智能，能够驯化或者毁灭周围一大部分动物和植物，并无意中毁坏着土壤的生产力。文明人几乎总是能暂时地变成他们所在环境的主人。悲剧在于人类的幻觉认为这种暂时的支配权是永恒的。这样一句话可以勾画历史的简要轮廓："文明人跨越过地球表面，在他们的足迹所过之处留下一片荒漠。"

12 月 10 日

我书台面前的挂历已是最后一页了，我不知现在为什么会久久凝视着它：一个戴着手镯，手拿折扇，一手扶桌，侧面而视的高贵、优雅的女孩儿。我心里隐隐萌生一丝悲哀，一年又将结束了，我发现这挂在我面前，每天我都要面对的挂历是这么陌生，我回想不出前面那十一页都是什么内容，我竟一页也没有仔细看看它们，在每月的三十天里。我留意过周围的其他什么吗？这一年中我看到过几次日出或日落，树叶何时初萌何时落尽的？窗外的孩子都叫喊些什么，什么时候被母亲各自召回家去？室内的阳光从哪一天开始伸进或退出，天晴风静的日子多于风雨阴天的日子吗？以及这镇子外的生物世界，以及街上的芸芸众生。那么我忙碌些什么呢？什么在驱使我匆匆来去，你的一生还有多少年，静静地想一想能不为生命受到这样的禁锢悲哀吗？也许到了晚年，你会醒悟：你并未真正生活过。

12 月 20 日

禅宗传言："老僧三十年前参禅时，见山是山，见水是水；及至后来亲见知识，有个入处，见山不是山，见水不是水；而今得个体歇处，依然是见山只是山，见水只是水。"

它代表我们感应外物的三个阶段，第一阶段用稚心、朴素之心或未进入认识论的哲学思维之前的无智的心去感应山水，与自然万物共存；第二阶段进入认识的哲学思维去感应山水，离开新鲜直抒的山水，而移入概念世界，去寻求意义和联系；第三阶段是对自然现象"即物即真"的感悟，对山水自然自主的原始存在作无条件的认可，这个信念同时要我们摒弃语言和心智活动而归回本样的物象。

1989 年

1 月 1 日

很久没有到田野上来了，今天是新年的第一天，我的大事是穿越田野而过。端点是我的故乡，养育我的村子、祖父和祖母。我脱开城市，周身仿佛迸绽开层层外壳的鳞片。我从未感到像现在这样舒展，这感觉同春天萌动的树木一样，向着四外的空间。花喜鹊与灰喜鹊纷飞，啼声在空旷的冬天久久回荡，即使我的温暖的心间也未能留住它们。伟大的冬天令我的肢体像树木一样生长，像鸟儿一样欲飞的季节。

1月4日

《圣经》说："一代过去，一代又来，地球却永远长存。"不，地球并不会永远长存。科学家们预测地球的生命最多还能维持四十至五十亿年，那时太阳的氢将燃烧殆尽，膨胀的太阳会烧毁周围的行星。能等到那时吗？人类甚至已将这个过程缩短到了今天。

美国《时代》周刊每年都要评选一位风云人物，今年一月二日它出人意料地评选处于"危险中的地球"为一九八八年"风云人物"。因为在一九八八年"没有一个人，没有一件事比这个由石头、土壤、水、空气组成的人类共同居所更发人深思、更被突出报道了"。周刊称一九八八年为"遭受破坏的地球年"，它呼吁组织一支全球性的十字军，保护地球免遭破坏。

启蒙运动使人类认为可以通过科学来创造自己的未来。科学的每一次成功，也带来了副作用：麻醉剂和牛痘等医疗技术进步，降低了婴儿死亡率、延长了人的寿命，同时出现了人口剧增问题；省力机器等工业的进步，污染了空气；农药的使用使作物增产，却又污染了水源。等等。那么，地球遭受破坏，科学无疑是罪魁。

《中国青年报》今天第二版，整版缩写了美国《时代》周刊文章：《地球敲响了警钟》。

1月6日

从昨天开始，天已有下雪迹象，只是不太让人相信雪真会下起来。现在冬天能见到雪，见到一场雪花纷纷扬扬的真正的雪仿佛已不可能了，工业社会剥夺了我们这个权利。

一觉醒来，雪在淅淅地下，还有什么能给我带来这喜悦和幸福呢？就像孩子们一早爬起来看到圣诞老人送来的礼物。房顶已积了一层，细密的雪犹如面粉软软地积起来，那先驱者贴着大地已融进泥土。这雪不是雪片，也不是雪粒，而是雪粉，落在衣服上就再也不愿离去，有些让人睁不开眼睛。

雪下了一天，不紧不慢，一个节奏，天黑后也没有停下来的兆头。但是地上的雪层并未厚起来，路旁已有人堆起了雪人。我就像看到了全部童年。

1月7日

今天是我二十九岁生日。在二十岁时我曾想这一天非常遥远，但今天往回一看，这十年仅仅是一瞬间，人弥留之际想想自己的一生也是如此。因为此，人应该时刻想到每一刻光阴都是一去不返的。只有在儿童时我希望这一天来临，现在我则希望这一天应永远在明天。

二十九岁是人生生长停滞、孕育果实的时期，像抽穗的玉米或泛黄的麦子每天都会面貌一新，这一时期的人生每年都会发生新的蜕变。你感到童年一直连贯的年与年断裂了。一年向另一年的过渡，仿佛由虫变为蛹。生命的进程仿佛由徒步变成了车行。

我二十九岁了，我即使在祖母的眼里也由孙子变成了男人。那个让我时时缅怀的童年世界渐渐地在远去，这周围的世界也在迫使我忘却它而给其以正视。我此时站在一座桥上，这桥一端连着童年，连着美好的传统，一端连着成人世界，连着令人恐怖的未来。

1月9日

今天我又看到那两只麻雀了，飞到阳台上来，声音朴实而亲切。只因为它们吃植物的核实，人类便视它们为敌人。因为人类也以谷粒为生，这便是人类的逻辑。它们没有多停留，也许它们还会再来。我抓出一撮小米，撒在阳台横栏的平顶上，黄灿灿的耀眼，也许能够使它们在很远的地方便看见。米粒很轻，风能吹动，我用一截电线将它们挡住。我想，从此麻雀会记住这个地方。从中午到傍晚，米粒依旧，我不知那两只麻雀正在什么地方。现在见到它们，已是一种困难的事情。国有国鸟，如果每个人都有一只鸟的话，即便是一千次，我也会选择麻雀。麻雀是我的灵魂之鸟。

1月13日

我撒在阳台上的那撮米粒，除了被风吹跑，那挡在电线内的依在，已失去光灿，蒙上了尘土。麻雀没有动，它们一定又来过了，因为我在台上见到了新鲜的鸟粪。它们为什么不啄那黄米呢？是没有看见还是怀疑这里存在阴谋？我想，这是我做过的所有事情上的最大的失败。

1月17日

加里·斯奈德，美国的奇诗人。早年与避世运动有联系，现代文明的抵制者，主张青年过集体生活和关心生态保护的发言人。他当过一直令我羡慕的护林员、伐木工和海员。二十六岁东渡日本，十年悟禅。他译的中国诗人寒山，使寒山及其生活风范成为现代的传奇。他曾在高原沙漠地带独居五个月，餐风宿露静坐。他把东方哲理、宗教信仰同日常生活结合在一起。他定居在加州北部山间一块处女地由自己一手建筑的房子里，拒绝用任何污染人类残害自然的工业产品。"垮掉的一代"作家凯鲁亚克将他与寒山并为一体加以小说化，使其成为六、七十年代大学生的民众英雄。

他认为，诗人面对两个方向：其一，对人群、语言、社会的世界和他传达的媒体工具；其二，对超乎人类的无语界、以自然为自然的世界，在语言风俗习惯和文化发生之前，在这个境中没有文学。他的散文集《大地家族》有这样的话：

"最受无情剥削的阶级是：动物、树木、水、空气、花草。""那包含万变的永远不变。"

1月24日

寒冷只占据冬天，月亮只照耀夜晚。任何事物都有它适用的场所。人的智慧、谋略、心计可以用来交际，用来谋生，但不可用来交友，尤其不可用于爱情。爱情是与生命结为一体的，是与生命一样自自然然的。爱情不问为什么，就像向日葵，早晨就面向东方，黄昏就面向西方。

1月25日

人生有两极，或者上天堂，或者下地狱。上帝或魔鬼都潜伏在你的体内。所谓上帝或神，就是人有可能达到的至善至美。天堂的欢乐就是人追求和通向至善至美境界的欢乐；地狱的痛苦就是丧失信仰、放纵感官的堕落了的精神的痛苦。

世界上曾存在过许多人，每一代都有刻意迈向至善至美境界的人，我们将他们称为智者、伟人、圣贤。我们迈向彼岸，就是让我们身上体现神或上帝的影子，体现完美和至善。

1 月 30 日

以前，他从文字中了解人类，从"人类"这个被赋予神圣意义的概念里了解人类，因而他爱整个人类。现在，他从现实中了解人类，从他所接触到的一个个具体的人身上了解人类，因而他只爱人类中的一小部分人。

这一小部分人包括：儿童；下层中那些纯朴、善良的人；献身于美好事物、体现人类公正、智慧、博爱的人。

2 月 9 日

大地在变软，天空在发蓝。风从北方向南方整整走了一个冬天，它的最前面的一员仿佛取了东西后，返回又路过这里。它告诉站在这大路边看着它的我，春天已被它领来，只是路上每到一个地方便被人们围住，请春天释放被寒冷囚禁的河流、土地和生物。但春天正向这里走来。请大地准备好盘子，请村庄准备好篮子，春天要给大地带来花朵，要给村庄带来温暖。春天一路向北方走去，使所有受寒冷虐待的都得到解放。春天最终去了哪里，春天何时从北方返回南方，从没有人知道。人们只是一年一度望着春天来的方向，望着南方。

1990 年

1 月 1 日

现在已是二十世纪九十年代了，这一昨天到今天的意义，也许只有国家由专制跨入民主，人民由战争进入和平，农民由耕种迎来收获，妇女由妻子变做母亲，男子由少年进入青年等等来同它相比。

这同生活着的人们有什么相关呢？人们没有觉得今天与昨天有什么不同。河水仍然以旧有的形态东流，生活依旧。

这是最后十年的第一天，在这十年中我将度过生命中重要的时期，三十岁至四十岁是我们旅程的中途，你旅程终结时呈现什么状态，取决于这十年的每一天。

1月2日

冬天的原野上，对风的感觉，的确是一种流动，仿佛站在水流里。

在我穿越田野的时候，我看到一只鹞子，它盘旋，长时间浮在空中不动，它好像看到了什么，俯冲下来，未及地面又升空。我想象它看到了一只野兔，早已绝迹的野兔，梭罗的话：要没有兔子和鹧鸪，一个田野还成什么田野呢？它们是最简单的土生土长的动物，与大自然同色彩、同性质，如树叶和土地是最亲密的联盟。不能维持一只兔子的生活的田野一定是贫瘠无比的。不管发生怎么样的革命，兔子和鹧鸪一定可以永存，像土生土长的人一样。我看到了一只鹞子，就想起了田野过去的繁荣。

1月7日

今天是三十岁生日。"三十而立"，这里大概包括生活基础、人生观点、价值评判的定型，更主要的指未来成果的萌芽。从古代观点看，三十岁是人生的赤道，童年与晚年是两个极地，现代人生的赤道则已延伸到四十岁。三十岁是根，以后的十岁是茎，四十岁以后是果。从今天起这黄金的十年。

有了爱，生日过得隆重、欢快。

1 月 11 日

历史的尘埃，强盗的夜，空气的肢体，早晨的开明，黄昏的谜，思想的遥远，水的稳固，学者的神经，魔鬼的绿色，白云的玩笑，麻雀的普及，科学的灾难，幸福的人生，无知的乐趣，财富的起因，流水的女人，雪色的童年，树木的基础，大地的承受，悲剧的力量，幻想的国王，老鼠的走廊，春天的融化，花朵的圆满，智慧的风向，谋略的小巧，权力的愚蠢，文字的舒畅，火里的冬天。

1 月 27 日

旧历年正月初一。醒来外面已落下了雪，雪飘着构成了自然的壮景，这种喜悦的获得不需任何费用，这是对商品社会的最大讽刺。想一想世界上有些地区的人从不知雪为何物，《百年孤独》中马贡多的村民见见冰块要付钱给吉普赛人。这场雪是自然赐给今年冬天最大的礼物，"瑞雪兆丰年"，这是对农业而言，农民的幸福。但这场雪无疑把希望和美好前景带给了所有的人。

1月28日

雪继续下着，雪片比昨天大些。苦苦等待了一年的田野，这样的雪并未把它完全盖住。在老家的院子里，在祖父的劝阻中，在祖母和姑姑们好奇的注视下，在雪不断落在身上的情景里，我们堆起了一个雪人，（天气寒冷，雪是散的）胖墩墩地坐在院子里，煤球是眼睛，玉米棒翘着做了鼻子，桔皮构成嘴，围巾和纽扣，头上戴一顶旧草帽，一副娃娃或雪中农夫的憨厚形象。雪人的出现，使我们重温了童年，一个童话中的农家院落。

可以没有风，可以没有雨，但不可以没有雪，世界伟大的纯洁的力量。凡是在人们愿望中发生的事情，都是围绕雪进行的。

2月4日

立春。这节气是冬天的丧钟，无声地在大地上鸣响。

这时冬天仿佛是一只被赶出了门槛的狗，主人在努力清除它留下的气味和无形的幻影。太阳正从南方赶来，你把耳朵贴在地上会隐隐听到太阳那沉重的脚步声。冬天依然是强大的，残雪尚未彻底融化，整个大地斑斑点点，好像一头垂首吃草的花斑母牛。我站在小山上，明显地感觉着一种新的东西，冷风从东南方吹过来，辽阔大地正缓缓舒展开来。我想到了许多意象：容纳江河的大海，聚拢船舶的港湾，渐渐泛白的黎明，转悲为喜的心情，承受住一切灾难的心胸。

2月8日

大路是把自然分割开来的东西，小路在自然之中。我躲开大路就是躲开污染之源的汽车，躲开为逐利而来去匆匆的脸上失去善意与安详的行人，躲开妨碍我深入事物本质、寻求万物联系的东西。

2月17日

上午，细密的大雪漫天飘动。连续几天了，像夏天一样，天空阴沉，出现了几次大雾，令人想念太阳。雾仿

佛是浓重、凝缩起来的改变了颜色的阳光。而雪仿佛是太阳碎了。雪片落到地上便融化了，很长时间地面还没有雪的痕迹，仿佛泥土吞噬了它们。雪不能在地面积起来，雪片便仿佛是无数找不到栖身之地的鸟。这里存在着大的不和谐，反自然，罕见。雪落在水里的样子很美观，就像落在沉默里、深渊里、鱼口里。

2 月 18 日

终于没有形成雪，第一场雨降临了。没有雷声，雨滴是细小的，这是春雨的特点。如果地面水洼中不显示出雨点砸在里面而形成的水环，在门窗紧闭的屋子里你既看不到雨形，也听不到雨声。俄罗斯有句谚语"用冰块打苍蝇"，意思是不可能的事。而雨与光裸、铁色的树木相遇仿佛是不可能事情的实现，它就给我这样一种感觉。雨怎么能不落在叶面上呢，躲在大树下怎么能不避雨呢？雨在赤条条的树枝上形成微小的珠儿，仿佛是树木的萌芽，令人感动的东西。雨使这个尚未萌芽的世界黑起来了。

2月20日

"在黑色的燕麦地里密密地放着淡色的燕麦垛。两个农民在割燕麦，燕子在飞舞。院子旁母鸡在草丛里觅食。畜群牧在翻耕过的休闲地和割过庄稼的地里。"

这是托尔斯泰笔记本中的一段描写。外在物象最直接的描写，在反映与被反映之间是最短的距离，最自然的词汇像流水那样随低地而行。这样的简简单单的描写，如果不是舍弃了聪明、虚荣与做作的，胸襟像宇宙那样吐故纳新，感情如地狱一样深，富于大的若愚一般的智慧，与全人类同命运的人，是写不出来的。随时都可证明这点。

2月23日

早晨，窗外很亮，能看到微蓝的天空，天空的蓝和阳光的金黄都很鲜明，空间明亮，一个完全的夏天的早晨。天空掩盖，太阳隐没很久之后，神的心境仿佛舒畅了，我们同快乐的神在一起，心情也明朗。

2月25日

当房间内没有任何声响，耳朵也会听到一种声音，仿佛遥远的昆虫的声音，这是耳朵自己制造的声音。

把你置身于光明下的地球，也会把你送入黑暗中。地球用自己巨大的身影，像鸟用双翅护卫雏鸟那样护卫人类，地球的翅是夜。地球一面明一面暗交替进行，在巨大的球面上喧响与寂静也交替进行，如同群众集会上这里的歌声刚落，那里的歌声又起。

3月

三月是万物的起源，植物从三月出发就像人从自己出发，温暖与光明从太阳出发。三月是一条河，两岸是冬天和春天。三月是牛犊、马驹、羊羔、婴儿和黎明。三月的人信心百倍，同远行者启程前一样。在三月你感到有某种东西在临近，无须乞求和努力便向你走来的东西。三月连婴儿也会胆大，三月的房间最空，影子变浓。三月让人们产生劳动的冲动，土地像待嫁的姑娘，周围响着萌芽绽开的声音（恐惧从黑暗出发，阴影从光出发，理想从现实出发）。三月的村庄像篮子，接纳阳光，老人在墙根下走动（三月少女最多情）。总之你感觉三月像一只花蕾，三月本身就是开放。三月让人想远处，三月有人打点行装。到了年终，通向乡村的每条大道上都有归家的人。三月需要做的事很多（语言从表达出发）。

10月

十月，秋天仿佛向后推移了，大片的玉米还未收获，田野也并不热闹，农民似乎还要等几天。往年田地已经空空荡荡，小麦破土，新生与垂老并存。树木仍然郁郁葱葱，生机盎然，只有几种敏感的草木呈现金色。

十月一日去门头沟所见

附　　　录

最后几句话

1．二十世纪这辆加速运行的列车已经行驶到二十一世纪的门坎了。数年前我就预感到我不是一个适宜进入二十一世纪的人，甚至生活在二十世纪也是一个错误。我不是在说一些虚妄的话，大家可以从我的作品中看到这点。我非常热爱农业文明，而对工业文明的存在和进程一直有一种源自内心的悲哀和抵触，但我没有办法不被裹挟其中。

2．五月开始整理、修订自己的全部作品。在这之中我深感自己写的作品数量很少。我曾在一篇短文中说到：在写作上我没有太大的奢求，一生能够留下二十万字的自己满意的文字就感到非常欣慰了。但我尚未度过半生，许多想写的作品都未能如愿。本来我将四十岁作为一个新的开端，四十岁确是人生价值、写作观念、写作方法成熟的一个转折。同时我最大的遗憾即是没能写完我悉心准备了一年的《一九九八 廿四节气》一文。

3．我平生最大的愧悔是在我患病、重病期间没有把素食主义这个信念坚持到底（就这一点，过去也曾有人对我保持怀疑）。在医生、亲友的劝说及我个人的妥协下，我没能将素食主义贯彻到底，我觉得这是我个人在信念上的一种堕落。保命大于了信念本身。

4．我的文字很少，原因之一就是我很难说不，很难拒绝别人。当作品集中起来，人们会看到里面有许多应景的文字。这令我很不安，它使我下决心在一九九八年改变这种状况，而在这件事上也让我"得罪"了一些很好的朋友，这同样让我非常不安。

5．关于我生病的事，我首先要诚挚地感谢刘丽安女士和李虹大姐；其次是林莽、王家新、冯秋子、宁肯、树才夫妇、黑大春夫妇、周晓枫、宫苏艺、郭路生、田晓青、孙小宁、杜丽、于君、彭程、薛燕平、邹静之、周所同、唐晓渡、姜诗元、徐晓、孙文波、高兴、韦锦、索杰、关键、周新京、李宝瑞；《人民文学》的陈永春，《散文选刊》的王剑冰、葛一敏、江海巧，《散文》杂志的谢大光，《散文天地》的楚楚，《美文》的穆涛、陈长吟及贾平凹先生、王大平先生；刘烨园、王开林、袁毅、安民、张锐锋等。过去，我没有给过他们什么帮助或更多的帮助。现在，他们出乎意料地给了我许多情谊上的帮助，不带任何私利的大量帮助。今生我已无法回报他们了，我只能永远地祝福他们。

苇岸口述，妹妹马建秀执笔

一九九九年五月十三日

图书在版编目(CIP)数据

大地上的事情/苇岸 著. —桂林:广西师范大学出版社,
2014.5(2017.11 重印)
　(荒野书系)
　ISBN 978 - 7 - 5495 - 5341 - 9

　Ⅰ.①大… Ⅱ.①苇… Ⅲ.①散文集 - 中国 - 当代
Ⅳ.①I267

中国版本图书馆 CIP 数据核字(2014)第 077586 号

出 品 人:刘广汉
特约策划:乐树文化
责任编辑:阴牧云　顾杏娣
装帧设计:金　泉
封面摄影:金　泉

广西师范大学出版社出版发行

(广西桂林市中华路22号　　　邮政编码:541001)
(网址:http://www.bbtpress.com)
出版人:张艺兵
全国新华书店经销
销售热线: 021 - 31260822 - 882/883
山东鸿君杰文化发展有限公司印刷
(山东省淄博市桓台县寿济路13188 号　邮政编码:256401)
开本: 890mm×1 240mm　　1/32
印张: 8.5　　　　　　字数: 127 千字
2014 年 5 月第 1 版　　2017 年 11 月第 7 次印刷
定价: 37.00 元

如发现印装质量问题,影响阅读,请与印刷厂联系调换。